The Midnight Library

Publié pour la première fois en anglais en 2006
par Hodder Children's Books sous le titre
The Midnight Library – I Can See You.

Loi n° 49956 du 16 juillet 1949
sur les publications destinées à la jeunesse
ISBN : 978-2-09-251935-6

NICK SHADOW

THE MIDNIGHT LIBRARY

Histoires de Shaun Hutson
Traduites de l'anglais par Alice Marchand

VOLUME VII JE T'AI VU !

Nathan

Un grand merci à Shaun Hutson.

JE VOUS SOUHAITE LA BIENVENUE, CHERS LECTEURS...

Je m'appelle Nick Shadow, et je suis le conservateur
d'une bibliothèque secrète :

THE MIDNIGHT LIBRARY

Je vous entends d'ici :
Où est cette bibliothèque ?
Pourquoi n'en avons-nous jamais entendu parler ?
Pour votre sécurité, il vaut mieux que ces questions restent
sans réponse. Cependant... si vous me promettez
de ne jamais révéler où vous avez trouvé cette information
(quelle que soit la personne ou la *chose* qui exige
de le savoir), je vais vous dévoiler ce que je conserve ici,
dans cet antique sous-sol. Après des années de recherches,
j'ai rassemblé la plus terrifiante collection de récits
du monde. Ils vous glaceront le sang, vous donneront
la chair de poule et feront trembler vos petits os fragiles.
Mais prenez votre courage à deux mains et tournez la page...
Après tout, que peut-il vous arriver de si terrible ?

JE T'AI VU!

« Mais où sont les gens ? », se demanda Mike Lewis alors qu'il pédalait au bord de la route pour se rendre au collège. Cela faisait déjà dix bonnes minutes qu'il était sorti de sa nouvelle maison, la ferme Axby, et il n'avait vu qu'un seul véhicule. Un tracteur qui avait émergé d'un chemin de terre pour rejoindre une des voies étroites qui serpentaient à travers les champs et les collines, autour de la ferme. À part ça, Mike n'avait même pas croisé un autre vélo depuis son départ.

Le contraste avec son trajet entre la maison et le collège à Londres n'aurait pas pu être plus frappant. Là-bas, il passait son temps à éviter les voitures, les bus et les taxis sur presque tout le trajet. Ici, il semblait avoir la route pour lui tout seul.

« Peut-être que personne ne sort de chez soi le lundi matin, à la campagne ! », songea-t-il. En tournant dans un virage en épingle à cheveux, il vit une voiture arriver dans l'autre sens. Il sourit, presque soulagé de constater qu'il n'était pas le seul à être dehors.

Le chauffeur le salua gaiement d'un geste en passant. Mike lui répondit d'un signe de tête et se rappela que le conducteur du tracteur qu'il avait vu lui avait fait signe aussi. Décidément, les gens d'ici étaient sympathiques. En continuant à pédaler, il jeta un coup d'œil sur sa gauche et aperçut un cheval qui le regardait par-dessus la haie. Il sourit, amusé. L'animal allait-il lui faire signe, lui aussi ?

Sans se départir de son grand sourire, Mike tourna dans un nouveau virage et descendit une colline en pente raide vers le collège de Beech Hill. En s'approchant, il vit les bâtiments en brique rouge et les élèves qui se trouvaient dans la cour et le terrain de sport. Certains étaient en groupe, d'autres se déplaçaient par deux. Personne ne semblait être seul.

Il éprouva un pincement d'appréhension en

prenant conscience qu'il ne connaîtrait personne. Malgré tout, la façon chaleureuse dont on l'avait salué sur la route était forcément de bon augure. Il espérait que les gens de son collège seraient aussi avenants.

Mike s'arrêta et remarqua que plusieurs élèves l'observaient avec curiosité. Il attacha son vélo dans le garage qui leur était réservé, accrocha son sac sur son dos et s'avança d'un pas incertain dans la cour, en regardant autour de lui. À sa droite, des garçons disputaient bruyamment un match de foot. À sa gauche, trois filles qui le dévisageaient se mirent à glousser sur son passage. Décidément, cette première journée dans son nouveau collège avait de quoi le rendre nerveux. Il se dirigea timidement vers le terrain de sport.

Soudain, une balle de tennis atterrit à ses pieds. Mike leva la tête pour voir d'où elle venait.

– Par ici ! appela une voix.

Il se retourna et découvrit un garçon de haute taille qui trottinait vers lui, suivi par d'autres plus petits.

Mike se baissa pour ramasser la balle et la leur

renvoyer, mais le temps qu'il se redresse, la bande était arrivée juste à côté de lui. Le plus grand tendit la main et Mike lâcha la balle dans sa paume ouverte.

– Tu es nouveau, non ? dit l'un de ses acolytes.

Mike acquiesça en souriant.

– Oui. Je m'appelle Mike.

– Tu habitais où avant de déménager ici ? demanda un autre.

– À Londres.

– Tu vis à la ferme Axby, c'est ça ? reprit le premier.

Mike acquiesça de nouveau.

– Alors où est-ce que tu as garé ton bulldozer ? lança froidement le plus grand. C'est pour ça que vous êtes ici, ta famille et toi, pas vrai ? Pour raser tout ce qu'il y a autour et construire un centre commercial ?

– Non, dit Mike.

Son père était promoteur immobilier et Mike savait qu'à l'origine il avait acheté la ferme Axby avec l'intention d'y construire un centre commercial, en effet. Mais il était tombé amoureux de l'endroit, et, au bout du compte, il avait décidé d'y emménager avec toute sa famille à la place. Le projet de centre commercial avait été définitivement remisé au placard.

– Mais ce ne serait peut-être pas une mauvaise idée, ajouta-t-il pour rire. On dirait que ça manque un peu, par ici.

Sa remarque fut mal reçue : le grand garçon fit un pas furieux vers lui. Mike allait-il devoir se battre trois minutes à peine après sa rentrée dans cette nouvelle école ? Ce serait sûrement un record mondial !

Mais le garçon se contenta de lui planter un doigt dans la poitrine.

– On se reverra, le Londonien.

Là-dessus, il tourna les talons et s'éloigna. Les autres s'élancèrent derrière lui comme un troupeau de hyènes suivant un lion.

Mike poussa un soupir de soulagement.

– Je crois que cette plaisanterie sur le centre commercial n'était pas une bonne idée… C'était bien une plaisanterie, hein ?

– Oui, répondit Mike en se retournant.

Une fille aux longs cheveux emmêlés lui faisait un grand sourire.

– Ne t'en fais pas pour ça, reprit-elle. Ils s'en remettront.

– Merci, dit Mike. Je m'inquiétais un peu.

– Andrew Scutt, le grand, peut être assez agressif, continua-t-elle. C'est un peu la racaille du collège. Les autres sont à sa botte, mais ils sont sympas quand Andrew n'est pas là.

– Racaille ? Je ne m'attendais pas à entendre ce mot-là en dehors de la capitale ! s'esclaffa Mike.

– Même si on vit à la campagne, ça ne veut pas dire qu'on est arriérés, tu sais, souligna la fille sans cesser de sourire. Je m'appelle Fanny, au fait. Toi, c'est Mike, c'est ça ? Miss Hamilton nous a prévenus la semaine dernière que tu allais arriver dans notre classe.

– Est-ce qu'elle vous a également raconté que mon père allait raser vos maisons et construire un centre commercial ici ? voulut savoir Mike. C'est pour ça que King Kong, là-bas, m'est tombé dessus ?

Fanny éclata de rire et secoua la tête.

– Le journal local multiplie les révélations et les

spéculations depuis des mois au sujet d'un promoteur qui aurait acheté un terrain pour un centre commercial, expliqua-t-elle. Les gens du coin ne sont pas trop fans de l'idée. Ils considèrent qu'on n'en a pas besoin, vu qu'on s'en est passés pendant tout ce temps.

– Alors où tu vas pour faire des courses ? demanda Mike.

– Il y a des boutiques et un marché au village. Et d'autres magasins à Wakely, à une dizaine de kilomètres d'ici. On y trouve aussi un cinéma, si tu cherches quelque chose à faire.

– J'ai largement de quoi m'occuper en ce moment : je dois aider mes parents à remettre la ferme en état...

Il eut un sourire dépité.

– ... malheureusement.

– Alors vous avez emménagé à la ferme Axby, c'est bien ça ?

– C'est aussi votre prof qui vous l'a dit ?

– Non, je tiens ça de mon père. Et le journal local a annoncé que la ferme Axby avait été vendue, lui expliqua Fanny.

– Il signale chaque maison vendue ?

– Non. Mais la ferme Axby était inhabitée depuis des années ! Tout le monde croyait qu'on allait construire un centre commercial à la place. Je pense que la plupart des gens ont été soulagés d'apprendre qu'une famille y avait emménagé.

– Tout le monde sauf Andrew, murmura Mike.

– Ignore-le, je te dis. On n'est pas tous comme lui.

– Tant mieux, je m'en réjouis ! Je me demandais quand j'allais enfin voir quelqu'un d'accueillant.

Il lui sourit.

Fanny lui rendit son sourire et, quand la cloche sonna le début des cours, lui fit signe de la suivre.

– Je vais te montrer où se trouve la salle de notre classe. Et je te promets de ne pas mâcher du foin ni de parler de l'élevage des porcs une seule fois de la journée, d'accord ?

Le garçon s'esclaffa.

– Cool !

Et il la suivit dans le bâtiment principal du collège.

—

Mike posa son stylo. Il était moins nerveux, à présent, même si sa journée avait plutôt mal commencé. Il jeta un coup d'œil à Fanny. Elle l'avait vraiment aidé à trouver ses marques dans son nouveau collège. Miss Hamilton, leur prof de géo, était sympa aussi, et la dissertation sur la forêt d'Amazonie qu'elle leur avait donnée à faire n'était pas difficile. Mike avait terminé avant tout le monde.

Il se redressa et regarda autour de lui dans la salle de classe. Assise à la table voisine, Fanny était toujours en train d'écrire et s'interrompait de temps en temps pour consulter son manuel.

Miss Hamilton se leva de son bureau.

– Continuez à travailler, dit-elle. Je dois aller chercher des livres à la bibliothèque du collège. Je serai de retour dans quelques minutes.

Elle partit en fermant la porte derrière elle.

Un vague bourdonnement de conversations s'éleva dans la classe. Mike sourit : ce n'était pas comme dans son ancien collège, à Londres. Quand un prof s'absentait, là-bas, des cris et des rires explosaient aussitôt dans toute la salle. Manifestement, obser-va-t-il, ses nouveaux camarades savaient mieux se tenir. Il écouta deux garçons assis devant lui discuter de leur expédition de pêche du week-end précédent.

– Ouais, c'était génial, dit l'un d'eux. J'ai eu une perche et Tom a attrapé des épinoches.

« Génial ? » songea Mike, perplexe. Rester assis au bord d'un cours d'eau avec un ver de terre au bout d'un crochet pour essayer d'attraper des poissons, voilà qui ne lui paraissait pas très palpitant. « C'est comme ça qu'ils s'amusent ? se demanda-t-il. Et quand ils cherchent une activité vraiment trépidante, peut-être qu'ils regardent les vaches brouter ! »

Il fut soulagé lorsque l'heure du déjeuner arriva enfin et qu'il put ressortir dans la cour avec le reste du collège.

– Allez, le Londonien ! dit Fanny, qui arrivait derrière lui, en le tirant par le bras. Tu peux venir déjeuner avec moi.

Mike la suivit dans l'escalier du bâtiment principal. Tous deux s'assirent et sortirent leur casse-croûte de leur sac. Le garçon mordit dans son sandwich en balayant la cour du regard.

– Tu t'amuses bien ? demanda Fanny.

– Tu ne trouves jamais ça barbant de vivre à la campagne ? demanda Mike à son tour.

– Pourquoi veux-tu que je trouve ça barbant ? Il y a des tas de choses à faire.

– Comme quoi ? Aller à la pêche ? Marcher ? Quand je sors, je vois des champs. C'est tout, des champs et rien d'autre. Chez moi, je pouvais jouer au ballon contre un mur. Ici, si je tape dans un ballon, je suis obligé de courir après sur des kilomètres… et je marche dans une dizaine de bouses de vache au passage !

Fanny s'esclaffa.

– Mon pauvre ! Il va te falloir un peu de temps pour t'habituer à la vie d'ici, voilà tout. Qu'est-ce que tu aurais fait en ville ?

Mike haussa les épaules.

– Je ne sais pas… Des tas de trucs. On allait au cinéma, au bowling ou au McDonald's. Il y avait des milliers d'activités possibles.

– Tout ça, tu peux le faire ici aussi, tu sais, répliqua Fanny. Il te suffit de monter dans un bus, et hop. C'est pas la mer à boire. Ne me dis pas que tout était à deux minutes à pied de chez toi quand tu habitais à Londres !

– Non, tu as raison, admit Mike. Alors ? Qu'est-ce que tu fais le week-end, toi ?

– Je vais voir mes copains, je joue avec mon petit frère, j'écoute mon iPod, ce genre de choses.

– Tu as un iPod ?

– Et une X-Box. Et un lecteur de DVD. On a même l'eau courante, figure-toi, plaisanta Fanny en lui donnant un coup de poing joueur dans le bras.

– Je sais, grogna Mike. J'avais une fausse image de la campagne et des gens qui y vivent. Excuse-moi.

– Ne t'en fais pas. Dans six mois, tu auras oublié que tu as vécu ailleurs !

– Ouais, on ne sait jamais, peut-être même que je me serai mis à la pêche, conclut Mike avec un rictus.

—

En marchant à travers les champs, le samedi matin, Mike regarda la liste de courses que sa mère lui avait donnée et ne put s'empêcher de se demander ce que faisaient ses copains de Londres en ce moment. « Ils sont sans doute encore couchés », songea-t-il, sachant qu'il était à peine neuf heures.

Il était pratiquement sûr qu'aucun d'entre eux n'était sorti faire des courses pour sa mère. Et même alors, ils n'auraient pas un long trajet à faire à pied pour rejoindre un marché de village et y acheter des fruits frais !

Mike soupira. Sa mère s'était mis en tête de faire des confitures ! Elle n'avait jamais fait de confitures de sa vie, avant qu'ils s'installent à la ferme Axby. Ses parents adoptaient sérieusement le mode de vie campagnard !

Le garçon plongea la main dans sa poche et en sortit son téléphone portable. Il n'avait trouvé de réseau nulle part depuis leur emménagement à la ferme. Mais ici, sur cette colline qui dominait la maison, la réception serait peut-être meilleure, qui sait ?

Il composa le numéro de son ami Matt et attendit avec espoir. Quand le mot « appel » apparut sur l'écran, il faillit pousser un cri de joie, mais il se contenta de coller le téléphone contre son oreille.

– Allô ? fit une voix qu'il connaissait bien.

– Matt, commença Mike, tout excité, c'est moi, Mike Lewis.

– Mike ! s'exclama Matt. Salut, mon pote, je... jamais... tu...

Sa voix était hachée, si bien que Mike ne comprit rien à ce qu'il disait.

– Matt, tu m'entends ? hurla-t-il dans l'appareil.

Pas de réponse. Il poussa un juron et courut plus haut sur la colline dans l'espoir d'obtenir une meilleure réception.

– Matt, tu es toujours là ? essaya-t-il encore.

Silence.

Mike écarta le téléphone de son oreille et examina l'écran ; il affichait le logo de l'opérateur. La communication avait été coupée. Et maintenant, il n'y avait presque plus de réseau. Le garçon soupira et remit brutalement le portable dans sa poche.

Il regarda autour de lui et s'aperçut qu'il était entouré de hautes herbes mouvantes qui lui arrivaient à la taille. Absorbé par ses efforts pour joindre son ami, il n'avait pas remarqué qu'il avait quitté le sentier. Il s'avança vers une rangée d'arbres, au sommet de la colline, avec le sentiment d'être un explorateur se frayant un chemin dans la jungle.

Quand il parvint enfin en haut, il fut impressionné par la vue. En se retournant vers l'endroit d'où il venait, il put voir toute la propriété Axby s'étaler en contrebas. La ferme proprement dite était nichée dans la vallée, au pied de la colline sur laquelle il se tenait, légèrement sur sa droite. À un peu moins d'un kilomètre de là, sur sa gauche, s'étendait une grande forêt de hêtres. Et derrière la maison, une deuxième colline était surmontée d'un immense chêne solitaire.

Mike se retourna pour admirer la vue de l'autre côté. En bas, une petite rivière s'éloignait en formant des méandres, tel un ruban argenté. Son père, se rappela-t-il, avait dit qu'elle s'appelait le Beech Rill, ou « ruisselet des hêtres », et marquait la limite ouest de leur propriété. Un pont en bois qui enjambait la rivière menait vers une petite église, et le village où il voulait se rendre.

Mike descendit la colline en courant et traversa le pont pour rejoindre l'église. Il n'avait aucune idée de l'époque à laquelle elle avait pu être construite, mais à voir l'état d'usure de ses pierres, il devina qu'elle devait avoir au moins quatre ou cinq cents ans, peut-être plus. Le cimetière adjacent était entouré d'un muret de pierre qu'il s'apprêtait à escalader, quand il repéra un portail en bois permettant d'y accéder.

Il le gagna en hâte et entra. Le cimetière était envahi de végétation, et les pierres tombales se désagrégeaient comme des dents pourries. Couvertes de mousse, elles penchaient selon des angles invraisemblables ou s'étaient effondrées depuis longtemps. Mike s'approcha de l'une d'elles et déchiffra tant bien que mal l'inscription gravée dans la pierre érodée.

– « Frances Hutchens », murmura-t-il. « Née en 1745. Morte en 1801. »

Il alla devant la tombe voisine. Il ne put distinguer le nom de son occupant, mais la date de sa mort était encore visible : « 1789 ».

– Qu'est-ce que tu fais ? siffla soudain une voix.

Surpris, Mike se retourna d'un bond, le cœur battant, et trébucha aussitôt sur une tombe. Il fit un vol plané et atterrit dans l'herbe haute avec un bruit sourd. Depuis son nouveau poste d'observation, par terre, il vit Fanny qui l'espionnait, cachée derrière une pierre tombale.

– Fanny ! s'exclama-t-il en se remettant péniblement debout. Tu m'as collé une de ces trouilles ! Qu'est-ce que tu fabriques ?

– Je joue à cache-cache avec mon petit frère, expliqua-t-elle en l'empoignant par son sweat-shirt pour l'attirer de nouveau dans l'herbe. Ne fais pas de bruit, sinon il va nous entendre.

Mike la rejoignit derrière la pierre tombale.

– Mais, qu'est-ce que tu faisais, toi ? reprit Fanny à voix basse.

– Je m'étais juste arrêté pour lire les inscriptions. Je vais au marché acheter quelques trucs pour ma mère, marmonna-t-il. Au fait, j'ai essayé d'appeler un de mes copains...

– Chuuuut ! l'interrompit Fanny en se plaquant un doigt sur les lèvres. Il ne faut pas que Jack me trouve, je te dis ! Tu peux jouer avec nous, si tu veux.

– Ouah, merci ! fit Mike en affectant l'enthousiasme.

– Tu préfères aller faire des courses pour ta mère ?

– Ouais, je sais, c'est pas beaucoup mieux, admit le garçon avec un sourire. Je n'ai pas assez de réseau sur mon portable, continua-t-il à voix basse. C'est vraiment énervant, parce que je voudrais appeler un de mes copains de Londres.

– Tu veux lui parler de ta nouvelle maison ? Tu vas aussi lui raconter que tu as failli réveiller Axby le fermier ? lança Fanny avec malice.

Devant l'air perplexe de Mike, elle indiqua du menton la tombe sur laquelle il avait trébuché.

– « George Joseph Axby », lut Mike. « Né en 1863. Mort en 1907. Puisse-t-il trouver la paix dans la mort. » C'est la tombe d'Axby le fermier !

– Ouaip, la tombe de l'homme dont tu occupes la maison, renchérit Fanny. Tu n'as pas entendu l'histoire d'Axby le fermier ? Elle est très connue, par ici.

– Je sais juste que personne n'a habité la ferme Axby depuis environ cent ans.

– C'est vrai, confirma-t-elle. Enfin, pas vraiment, en tout cas. Axby le fermier et sa famille en ont été les derniers véritables occupants. D'autres ont essayé de s'y installer au fil des années, mais personne n'est resté. On raconte qu'il y a des lumières bizarres pendant la nuit et une odeur de chair brûlée qui ont fait fuir tout le monde. Tu as remarqué quelque chose de ce genre depuis votre emménagement ? demanda-t-elle avec légèreté.

Mike secoua la tête, troublé.

– Non, et j'espère bien que ça va durer ! Alors ? Continue, qu'est-ce qui est arrivé à Axby le fermier ?

– Eh bien, c'était un homme méchant et grincheux, raconta Fanny, mais ça a empiré quand sa femme l'a quitté, en emmenant leurs deux enfants avec elle. D'après la légende du coin, poursuivit-elle avec animation, Axby se postait devant la fenêtre de sa chambre tous les soirs pour attendre que sa famille revienne, en scrutant l'obscurité. Il est devenu fou à force de rester assis là toutes les nuits et il s'est mis à croire qu'il voyait vraiment sa femme et ses enfants revenir vers lui à travers les champs. Une nuit, il était tellement certain de les avoir vus qu'il a pris une lanterne et s'est précipité dehors. Il a couru d'un côté et de l'autre dans le noir en criant « Je t'ai vu ! », mais il ne voyait rien, bien sûr, puisque aucun d'entre eux n'était là. Il est resté dehors des heures à les appeler à tue-tête. Finalement, il a dû trébucher et lâcher sa lanterne : elle s'est cassée en morceaux et elle a mis le feu à son manteau. Il a été brûlé vif.

Mike déglutit avec peine.

– On raconte qu'il criait toujours « Je t'ai vu ! » pendant qu'il brûlait, ajouta Fanny en frissonnant. Et il y a des gens qui disent que, certaines nuits, on sent encore l'odeur de sa chair en train de brûler dans la colline où il est mort.

– Ouais, c'est ça, dit Mike d'un ton dédaigneux.

Fanny haussa les épaules.

– Je te raconte l'histoire, c'est tout.

– C'est juste une superstition locale, grogna Mike en fronçant les sourcils.

– Peut-être... fit-elle d'un ton songeur. Mais il ne vaut mieux pas contrarier Axby le fermier. Tu n'as pas intérêt à ce qu'il vienne te chercher, le Londonien !

– Très drôle ! marmonna Mike en levant les yeux au ciel.

Mais il jeta un coup d'œil méfiant à la tombe qui l'avait fait trébucher.

– Je t'ai eue ! déclara une voix triomphale qui les fit sursauter tous les deux.

Mike se retourna et se leva. Un petit garçon souriant, avec des cheveux d'un roux éclatant, se tenait derrière lui.

– Jack ! s'esclaffa Fanny en se redressant à son tour.

– Je savais bien… que j'allais… te trouver, dit le petit garçon, le souffle court.

Il examinait Mike avec curiosité.

– Mike, je te présente mon frère, annonça Fanny en désignant le petit garçon, qui plongea la main dans son jean pour y repêcher un inhalateur. Et Jack, voici Mike, le nouveau.

– J'ai de l'asthme, déclara fièrement Jack en inspirant une bouffée de produit.

Mike sourit.

– C'est à mon tour de me cacher, maintenant ! ajouta le petit en sautillant.

– Tu veux rester jouer avec nous ? proposa Fanny à Mike.

– Non, merci. Je ferais mieux d'aller au marché pour acheter ce que ma mère m'a réclamé. La prochaine fois, je resterai, promit-il.

– Tu viendras jouer à « Je t'ai vu » ? lui demanda Jack d'un ton impérieux alors qu'il s'apprêtait à partir.

Mike se retourna, perplexe.

– C'est une sorte de cache-cache, expliqua Fanny. On y joue tous – tous les enfants du village. Le 22 septembre de chaque année, pour l'anniversaire de la mort d'Axby le fermier, on sort dans les champs qui entourent la ferme Axby à la nuit tombée et on essaie de se trouver les uns les autres. C'est vraiment marrant. Ce serait peut-être bien que tu viennes, Mike. Ça te permettrait de mieux connaître les autres élèves du collège. S'ils voient que tu participes à un de nos jeux, ils te considéreront peut-être moins comme un étranger.

Mike acquiesça.

– Le 22 septembre ? marmonna-t-il. C'est demain...

– Ça te dit, alors ? demanda Fanny. Cette année,

ce sera encore plus spécial, parce que c'est le centenaire de la mort d'Axby.

– D'accord, dit Mike.

– On passera te chercher à huit heures, Jack et moi.

– O.K. ! lança-t-il gaiement en sortant du cimetière.

– Et au fait, n'oublie pas d'apporter une lampe électrique ! ajouta Fanny.

—

– Les autres en ont parlé au collège, papa, dit Mike en reprenant une bouchée.

Depuis sa place à table dans la cuisine confortable de la ferme, il jeta un coup d'œil vers la fenêtre. Il faisait noir, dehors, et un vent âpre fouettait les champs et sifflait autour de la maison, faisant trembler les vitres dans leurs encadrements.

– Ce doit être une grosse fête par ici, avança sa mère. Quand je suis passée au village, cet après-midi, la dame qui tient le bureau de poste en a parlé. Sa fille va y jouer. J'ai l'impression que tout le village considère ça comme un événement à part.

– C'est vrai, renchérit Mike. Alors c'est d'accord, je peux y participer ?

– Je ne vois pas ce qui t'en empêcherait, déclara son père.

– Ça paraît juste un peu bizarre de faire un jeu pour *fêter* la mort de quelqu'un, commenta sa mère. Et puis tu es sûr que tu veux te balader dans ces champs en pleine nuit ?

– Ben oui, répondit Mike. De toute façon, ce n'est pas pour fêter la mort d'Axby le fermier, c'est juste une manière de commémorer ce qui s'est passé. Pas besoin de t'inquiéter pour moi, maman. J'ai treize ans, tu sais, pas dix. D'ailleurs c'est vous qui m'avez conseillé de participer aux activités du coin.

– Justement, j'en ai parlé avec le père de Fanny, aujourd'hui, reprit Mr Lewis. Il voulait me prévenir que demain soir on aurait tous les gamins du village en train de gambader sur nos terres pour leur partie de cache-cache dans le noir. Il m'a dit qu'il y jouait lui-même quand il était petit. Je ne pense pas qu'il y ait le moindre danger.

Mike acquiesça.

– C'est juste un jeu.

Il termina son dîner en débarrassant son couvert.

Dehors, le vent hurla de nouveau. Dans la cour, la porte de la grange s'ouvrit d'un coup en grinçant sur ses gonds, puis claqua brutalement.

—

– Mais bon sang, où est-ce qu'elle est ? marmonna Mike, irrité, en fouillant un autre des cartons entassés dans sa chambre.

– Qu'est-ce que tu cherches, Mike ?

Il se retourna. Sa mère, sur le seuil, le regardait.

– Ma lampe torche, lui dit-il. Fanny et Jack seront ici dans dix minutes et je ne la trouve pas. Je ne peux pas jouer à « Je t'ai vu » sans lampe électrique !

– Ton père en a une en bas, répondit sa mère. Tu n'as qu'à utiliser la sienne pour ce soir.

Mike sortit de la pièce et descendit en trombe dans la cuisine.

– Papa ! cria-t-il, impatient. Où est la lampe torche ? Je peux te l'emprunter pour le jeu ?

– Dans le tiroir à côté de la cuisinière, lança son père depuis le salon.

Mike la trouva aussitôt. Il l'alluma et fut ravi

de constater qu'elle produisait un large rayon de lumière vive.

– Tu es prêt, maintenant ? demanda Mr Lewis en le rejoignant dans la cuisine.

– Oui, j'attends juste Fanny et Jack.

Comme pour faire écho à ses paroles, on frappa à la porte d'entrée et son père partit ouvrir.

Quelques secondes plus tard, Fanny et Jack débarquèrent dans la cuisine, tous deux vêtus de gros manteaux, de bonnets, d'écharpes et de gants. Fanny était également munie d'une torche qu'elle alluma dans la figure de Mike en riant.

– Tu es prêt ? demanda-t-elle.

– Prêt !

Mike enfila son manteau et tous trois sortirent de la maison.

– Veille bien sur lui, d'accord, Fanny ? lança le père de Mike depuis le seuil, avec un sourire. Je ne voudrais pas qu'il se perde dans le noir !

– Papa, siffla Mike entre ses dents, je me débrouillerai très bien !

– Je prendrai soin de lui, Mr Lewis, dit Fanny en souriant. Ne vous en faites pas.

Puis le trio traversa la cour ventée de la ferme pendant que le père de Mike, au chaud dans la maison, leur faisait gaiement des signes de la main.

– Pourquoi les parents tiennent-ils tellement à nous coller la honte ? grommela Mike en s'éloignant.

– Ils ne peuvent pas s'en empêcher, répondit Fanny, amusée. C'est dans leurs gènes.

Les trois jeunes gagnèrent le chemin de terre qui conduisait aux champs avoisinant la ferme Axby. Mike fut frappé de voir à quel point la nuit était noire quand il n'y avait pas de lampadaires pour atténuer l'obscurité. Plus d'une fois, il trébucha sur le sol irrégulier. Il voyait à peine à plus d'un mètre devant lui.

– C'est une chance qu'il n'y ait pas de lune, cette nuit, fit remarquer Fanny. Ça va rendre le jeu encore plus palpitant.

– Oui, marmonna Mike. Mais si la lune était là, on pourrait au moins savoir où poser les pieds. Je n'y vois rien du tout !

Il alluma sa lampe torche. Le rayon de lumière fendit l'obscurité.

– Ne l'allume pas tout de suite, lui conseilla Fanny.

– Mais on peut marcher plus vite quand on voit le chemin, protesta-t-il.

– Oui, mais si tu la laisses éteinte, tes yeux vont s'habituer à l'obscurité et tu y verras parfaitement bien, expliqua-t-elle patiemment. Fais-moi confiance.

Mike éteignit sa lampe et continua de marcher d'un pas incertain derrière Fanny et Jack, qui se déplaçaient dans les ténèbres sur ce sol irrégulier avec une telle facilité qu'ils semblaient porter des lunettes de vision nocturne.

Tous trois gravirent une petite colline. Les hautes herbes secouées par le vent leur fouettaient les jambes et Mike entendit un étrange claquement non loin devant eux. En scrutant l'obscurité, il s'aperçut que c'était le bruit que faisait le vent en agitant les branches du grand chêne qu'il avait vu au sommet de cette colline, quand il avait observé les terres de la ferme en plein jour.

À force d'observer le chêne, il faillit trébucher. Il baissa les yeux pour voir dans quoi il avait mis les pieds, mais c'était impossible à distinguer dans les hautes herbes. Quand il releva la tête, la lumière aveuglante d'une lampe torche, dirigée en plein dans ses yeux, le fit grimacer.

– Je ne pensais pas te voir ce soir, le Londonien ! lança une voix qu'il ne connaissait que trop bien déjà.

C'était Andrew Scutt. Il braquait sa lampe sur la figure de Mike en parlant.

Mike sortit sa torche de sa poche et la braqua sur Andrew, qui attendit un moment puis éteignit la sienne.

Dans le rayon de sa lampe à lui, Mike vit d'autres de ses camarades de classe et plusieurs jeunes du village qu'il ne connaissait pas. Il estima qu'ils étaient environ une trentaine rassemblés sur la colline pentue envahie par la végétation, et placés en demi-cercle. Mike garda sa torche rivée sur Andrew quelques secondes de plus, puis, quand la lumière se mit à vaciller légèrement, il l'éteignit.

– Écoutez tous ! commença Andrew en haussant la voix pour se faire entendre par-dessus les hurlements du vent. On est le 22 septembre, vous savez tous ce que ça veut dire…

Dans le groupe, certains applaudirent et acclamèrent l'orateur.

– Je pense que, pour la plupart d'entre vous, vous avez déjà joué, mais je vais quand même réexpliquer les règles, continua-t-il en jetant un coup d'œil dans la direction de Mike. À mon signal, on se sépare, et chacun a dix minutes pour trouver un bon point de départ. Mais on doit se cantonner aux terres qui entourent la ferme Axby, d'accord ? Donc pas plus loin que les bois au nord, cette colline à l'est, le Beech Rill à l'ouest et la route au sud.

Il y eut des murmures approbateurs au sein du groupe.

– Après dix minutes, on commence tous à se chercher dans le noir, poursuivit Andrew. Quand on pense avoir trouvé un autre joueur, on l'éclaire avec sa lampe torche et on crie « Je t'ai vu », comme l'a fait le vieil Axby il y a cent ans, en ajoutant le nom de la personne qu'on a vue. Compris ?

Dans son auditoire, on hocha la tête ou on marmonna un « oui ».

– Celui qui a été vu doit ensuite rester immobile, avec sa lampe allumée et braquée sur lui, comme ça, pour montrer qu'il est hors jeu, expliqua Andrew.

Pour illustrer ce point, il alluma sa lampe et la tourna vers son menton, éclairant un instant son visage par en dessous.

– Le dernier joueur à ne pas avoir été vu est le gagnant. Bien. Avant qu'on commence, que tout le monde vérifie les piles de sa lampe.

Les autres suivirent ses instructions et, partout sur la colline, des rais de lumière fendirent l'obscurité. Mike alluma sa lampe et jura entre ses dents quand le rayon faiblit, puis s'éteignit complètement. Il rappuya sur le bouton « ON/OFF ». Cette fois, la lampe émit une lumière vive pendant quelques secondes, puis un faible rayon jaune, et enfin plus rien.

– Tu aurais dû vérifier les piles avant de sortir de chez toi, le Londonien ! lança Andrew Scutt avec un ricanement supérieur en jetant en l'air sa belle lampe laquée de rouge avant de la rattraper.

Mike remarqua qu'elle avait l'air toute neuve – les piles d'Andrew ne risquaient pas d'être vides !

– Tu ne peux pas jouer à « Je t'ai vu » si tu ne vois

personne, pas vrai ? J'ai l'impression que tu es hors jeu. Quel dommage, ricana Andrew.

– Elle marchait très bien tout à l'heure, grommela Mike, agacé.

– C'est pas grave, intervint Fanny en s'approchant de lui. Tu peux faire équipe avec Jack et moi.

– Ça ne te gêne pas ? demanda-t-il, embarrassé.

Elle secoua la tête en souriant.

– D'accord, Fanny va donc babysitter le Londonien, grinça Andrew. Tu as déjà ton petit frère avec toi, tu sais, lui rappela-t-il. Si vous êtes trois, vous n'aurez aucune chance. Vous allez être repérés tout de suite !

– Ça, c'est mon problème, répliqua Fanny. On durera quand même plus longtemps que toi, Andrew.

– On verra, dit le grand garçon avec un rictus. Bien. Vérifiez vos montres ! lança-t-il. Vous avez dix minutes pour trouver votre point de départ !

Fanny empoigna Mike par le bras et l'entraîna avec elle et Jack, tandis que les autres jeunes rassemblés sur la colline se dispersaient également en hâte dans le noir.

– Reste près de moi, lui murmura-t-elle. On va

passer derrière le gros chêne. Il y a un vieux ruisseau asséché où on peut se cacher, de l'autre côté.

Mike dut tendre l'oreille pour l'entendre par-dessus les violentes rafales de vent. Il fit attention à rester suffisamment près d'elle et de Jack pour les garder dans son champ de vision. Maintenant qu'ils avaient éteint leurs torches, la nuit s'était refermée sur eux, plus sombre que jamais, et même si Mike entendait des pas s'éloigner précipitamment dans toutes les directions, il ne voyait personne à part son petit groupe.

– J'espère que tu sais où tu vas, chuchota-t-il au bout d'un moment.

– Chuuut ! lui siffla Fanny par-dessus son épaule – et son souffle produisit un petit nuage dans l'air froid. Je sais *parfaitement* où je vais.

Mike haussa les épaules et se hâta de la suivre dans l'obscurité.

Soudain, il faillit tomber. Son pied gauche avait heurté quelque chose – une souche ou une pierre, d'après ce qu'il pouvait imaginer. Il dut faire de gros efforts pour rester debout.

Il scruta la pénombre devant lui et vit que Fanny

et Jack avaient enjambé un arbre tombé pour rejoindre ce qui semblait être une tranchée peu profonde. Mike enjamba prudemment le tronc à son tour et s'accroupit à côté de Fanny.

– C'est ça, le lit du ruisseau asséché, lui souffla-t-elle tout bas. Il traverse toute la propriété de la ferme Axby ; il va d'ici jusqu'aux bois du nord. C'est un super moyen de se déplacer sans que les autres nous voient. Même s'ils croient avoir entendu quelque chose et braquent leur torche par ici, il suffit qu'on se baisse et le rayon passera au-dessus de nos têtes !

– Cool ! dit Jack, qui avait la respiration légèrement sifflante.

– Ça va ? lui demanda Fanny. Le froid aggrave ton asthme, hein ?

– Ça va très bien, répondit son frère en agitant son inhalateur sous son nez pour la rassurer.

Elle jeta un coup d'œil à sa montre.

– Bon. On va donc partir d'ici. Les dix minutes sont presque écoulées. Tout le monde va bientôt commencer à se déplacer pour chercher les autres. Allons-y.

Elle s'engagea discrètement dans le lit du ruisseau à sec, suivie par son petit frère. Mike se tenait derrière. Il avançait aussi vite et silencieusement que possible, mais le fossé était plein de feuilles mortes qui crissaient sous ses pieds. Soudain, il marcha sur une brindille et il y eut un gros « crac ».

Jack se retourna vivement et Fanny fusilla Mike du regard. Avec une grimace, il articula « Pardon » en silence dans la pénombre. Puis il regarda autour de lui avec inquiétude, de peur que le bruit n'ait alerté quelqu'un qui se trouvait à proximité. Les branches du chêne tout proche crépitaient bruyamment dans le vent qui continuait de souffler. Mike poussa un soupir de soulagement : si quelqu'un écoutait, ce crépitement allait détourner son attention, avec un peu de chance.

– Venez, chuchota Fanny. Il faut qu'on reste en mouvement.

Le trio reprit tout doucement sa progression. Mike scruta le sol devant lui avec soin, cette fois, pour être sûr de ne pas marcher sur quoi que ce soit qui pouvait trahir leur position. Il se demanda où se cachaient tous les autres.

Puis il vit une silhouette bouger, plus haut sur la colline. Il s'apprêtait à tapoter l'épaule de Fanny pour la lui montrer, quand il s'aperçut que ce n'était pas un être humain. Ça se déplaçait comme un renard, mais c'était vraiment gros – trop gros pour être un renard, conclut Mike. Ce devait être un chien errant.

Le garçon reporta son attention sur le jeu et fouilla les alentours du regard pour voir s'il pouvait repérer d'autres joueurs. Devant lui, à une centaine de mètres environ, il crut distinguer les contours brumeux de plusieurs personnes, mais quand Fanny, Jack et lui s'approchèrent, il vit que c'étaient juste des buissons secoués par le vent.

Mike se rendit compte qu'il retenait son souffle. Alors, il expira lentement et il commençait tout juste à se détendre quand il vit un rai de lumière vive fendre la nuit sur sa droite.

– Baissez-vous ! siffla-t-il avec énergie – et les deux autres tombèrent à genoux.

Ils jetèrent tous un œil par-dessus le bord du fossé pour voir si quelqu'un s'était fait prendre dans la lumière de la torche.

– Regardez, quelqu'un a été trouvé ! chuchota Jack en désignant une fille qui tenait sa lampe allumée sous son menton.

Fanny gloussa.

– C'est Simone ! J'aurais dû m'en douter, c'est toujours la première à se faire repérer.

Elle se tourna vers Jack et Mike.

– Allons nous cacher un moment à côté du vieux portail, près du pied de la colline. Le lit du ruisseau va nous y mener tout droit.

– Je croyais que le but du jeu, c'était de trouver les autres, objecta Mike.

– Justement ! Il y a un chemin de terre qui rejoint le portail et plein de gens l'empruntent. Si on se cache là-bas, on pourra les attraper au passage.

Mike sourit.

– Bon plan.

Pendant que Fanny et Jack se remettaient en route, il jeta un coup d'œil vers Simone, la fille qui s'était fait prendre. Mais à sa grande surprise, il ne vit que les ténèbres. Pas de lumière. Pas de silhouette. Rien. Simone n'était plus là.

Il haussa les épaules, en se demandant si les piles

de sa torche à elle étaient mortes aussi. Puis il suivit ses deux complices en remontant le col de son manteau avec un frisson. On aurait dit qu'il faisait encore plus froid que tout à l'heure. Le vent qui soufflait avec tant de férocité au début du jeu était légèrement retombé, mais, à la place, une brume glacée commençait à se former au sol et tourbillonnait autour de ses jambes en nuages filandreux.

À l'instant où le garçon rattrapa ses amis, il perçut du mouvement à proximité. De toute évidence, c'était un bruit de pas. Mike entendait aussi une respiration. Il y avait quelqu'un à quatre ou cinq mètres d'eux.

Vite, il fit signe à ses complices et tous trois se figèrent, tapis près du sol. Convaincu que la personne qui était tout près d'eux les avait entendus, Mike attendit que le rayon d'une torche s'allume sur leur trio, mais aucune lumière ne vint dissiper les ténèbres. Pourtant, il entendait toujours quelqu'un respirer. Il devina que l'autre joueur s'était arrêté pour reprendre son souffle, tout en scrutant la colline obscure en quête d'adversaires.

Fanny donna une petite tape sur l'épaule de Mike,

puis toucha sa torche. Manifestement, elle avait entendu le bruit de respiration, elle aussi, et voulait attraper l'inconnu avec la lumière de sa lampe. Mais elle hésitait et Mike voyait qu'elle écoutait avec attention, sans doute pour s'assurer de l'endroit où se trouvait l'autre.

Finalement, elle sourit à Mike et lui fit un signe de tête. Elle leva un doigt, puis deux... Et au moment où elle leva le troisième, Mike, Jack et elle bondirent de leur cachette et la jeune fille braqua sa torche vers le bruit de respiration.

– Je t'ai vu, Jacob Niles ! cria-t-elle gaiement quand le rayon de la lampe projeta une lumière éclatante sur la silhouette d'un garçon qui leur tournait le dos.

Le Jacob en question se retourna d'un bond, avec un hoquet de surprise.

– Oh, non ! grogna-t-il, pris dans le rayon de la torche comme un lapin effrayé.

Mike, Fanny et Jack s'esclaffèrent.

– Allume ta lampe, Jacob, dit Fanny. Tu es éliminé.

Jacob acquiesça, alluma sa torche et la pointa sous son menton.

– Je ne vous avais même pas vus, gémit-il.

– C'est le principe, gloussa Fanny en éteignant sa lampe. Maintenant, ne dis à personne dans quelle direction on est partis, d'accord ?

Jacob secoua gravement la tête et regarda les trois autres s'éloigner à pas de loup dans l'obscurité. Avec le brouillard, le talus du fossé dans lequel ils se tenaient achevait de les dissimuler. Ils étaient totalement invisibles.

—

Mike avait un grand sourire quand Fanny, Jack et lui repartirent. Il commençait sérieusement à apprécier le jeu. Soudain curieux de savoir combien d'autres personnes avaient été débusquée, il risqua un instant un coup d'œil prudent par-dessus le rebord du fossé. Çà et là dans les champs, il vit la lumière de plusieurs torches, indiquant que des joueurs s'étaient fait prendre. Au moins dix, observa-t-il en les comptant rapidement.

Fanny avait raison. Il était chouette, ce jeu, et Mike s'amusait d'autant plus qu'ils avaient réussi à éviter qu'on les découvre pendant tout ce temps. La possibilité de gagner ajoutait encore du piment à l'affaire et il se demanda ce que dirait Andrew Scutt à la fin de la partie s'il se faisait battre par « le Londonien ». Mike croisa les doigts dans le noir. Il attendait ça avec impatience.

Malheureusement, il était tellement absorbé par ses idées de victoire qu'il glissa sur des feuilles mortes et se cogna contre Fanny. Son amie lâcha aussitôt la torche, qui roula par terre dans le noir.

Mike s'apprêtait à se relever, quand la jeune fille agita frénétiquement la main pour lui faire signe de rester couché.

– Il y a quelqu'un, là, souffla-t-elle en désignant le bord du fossé.

Malgré l'obscurité et le brouillard de plus en plus épais, Mike vit qu'il y avait quelqu'un, en effet. Quelqu'un de grand. Ça ne pouvait être qu'Andrew Scutt, il en était certain.

– Zigouille-le avec la torche, chuchota-t-il.

– Je ne peux pas, marmonna Fanny, elle est hors de ma portée.

Elle attira Jack plus près d'elle et se posa l'index sur les lèvres. Ils restèrent tous trois immobiles.

Andrew, au-dessus d'eux, regardait autour de lui

dans la pénombre. Mike pensa qu'il devait guetter un bruit qui trahirait ses adversaires. À plat ventre dans le fossé, il mourait d'envie d'attraper la torche et de la braquer sur Andrew. Mais il savait que s'il bougeait trop pour tenter de la ramasser, les feuilles mortes autour de lui alerteraient aussitôt l'autre garçon, et ça, il n'en était pas question. Tout ce qu'il pouvait faire, c'était essayer d'adopter une position plus confortable, alors il s'appuya sur une main pour se décoller du sol.

À ce moment-là, ses doigts se refermèrent sur quelque chose de mou... mais quoi ? Il ne mit qu'une seconde à comprendre que c'était une toile d'araignée. Malgré l'obscurité, Mike vit la grosse araignée émerger rapidement de sa tanière dans la paroi du fossé et trottiner hâtivement sur la toile qu'il avait fait bouger.

Mike avait horreur des araignées. Il l'observa nerveusement. Son cœur battait si fort contre ses côtes qu'il avait peur qu'Andrew ne l'entende.

Fanny baissa les yeux et vit l'araignée aussi, mais elle se contenta d'appuyer de nouveau son doigt contre ses lèvres.

Sur le talus, au-dessus d'eux, Andrew était toujours immobile, à tenter d'entendre ou de voir des silhouettes se déplacer dans la nuit noire et la brume argentée.

Mike jeta un coup d'œil à ses compagnons. Jack fixait l'araignée, fasciné, et le regard de Fanny passait du visage de Mike à l'animal, et vice versa : de toute évidence, elle se demandait si le garçon allait trahir leur présence.

Mike ne voulait certes pas les faire repérer – surtout pas par Andrew Scutt –, mais il savait qu'il finirait bientôt par devoir bouger. L'araignée s'approchait lentement de ses doigts tendus. D'un instant à l'autre, elle arriverait sur sa main et, dès lors, Mike ne pourrait réprimer le réflexe de s'écarter.

Enfin, Andrew Scutt se détourna du rebord du fossé et partit. Avec un soupir de soulagement, Mike s'éloigna de l'araignée d'une roulade et ramassa la torche de Fanny. Puis il se leva tant bien que mal et s'appuya contre l'autre bord du lit du ruisseau pour essayer de reprendre son souffle et attendre que les battements de son cœur s'apaisent.

– J'ai cru qu'il allait nous voir, chuchota Fanny.

– Moi aussi, dit-il. Mais quand j'ai vu cette araignée, j'ai pensé que je serais obligé de bouger.

– Ce n'était qu'une petite araignée de rien du tout ! lança Jack, goguenard.

Mike s'esclaffa et passa la main dans les cheveux du petit garçon.

– Tu es plus courageux que moi, Jack.

– Venez, murmura Fanny. On ferait mieux de continuer à se déplacer vers le bas de la colline.

Mike acquiesça et s'apprêtait à la suivre, quand il jeta un coup d'œil par-dessus le rebord du fossé et s'arrêta net.

– Attendez une minute… dit-il en regardant autour de lui dans l'obscurité. On joue depuis combien de temps ?

– Environ quarante minutes, répondit Fanny. Pourquoi ?

– On a attrapé Jacob, pas vrai ? Et tu as vu que Simone s'était fait prendre aussi.

– Ouais, et alors ? lança Fanny avec impatience.

Mike lui fit signe de regarder dans les champs.

– Eh bien, si des gens ont été trouvés, pourquoi on ne voit pas leurs torches ? Ils devraient toujours être à l'endroit où ils ont été découverts, non ? Mais je ne vois personne !

– Et on n'a rien entendu non plus, souligna Jack.

– C'est peut-être à cause du vent, suggéra Fanny. Andrew Scutt était juste au-dessus de nous et il ne nous a pas entendus !

– Mais le vent n'est plus aussi fort que tout à l'heure, quand on a commencé, et on devrait quand même voir les torches, argumenta Mike. Je pense qu'on devrait revenir sur nos pas pour voir si les autres sont derrière nous. Peut-être qu'ils ont tous été trouvés et que le jeu a été annulé ou je ne sais quoi.

– Non. Chacun reste où il est jusqu'à ce que quelqu'un ait gagné, assura Fanny. C'est la règle.

– Alors où sont-ils ? voulut savoir Mike. Et puis, écoute.

Tous trois restèrent immobiles et tendirent l'oreille, à l'affût du moindre bruit.

– Le vent est tombé, et pourtant on n'entend toujours personne d'autre, insista Mike.

– C'est parce que tout le monde essaie d'être discret

pour ne pas se faire prendre, répliqua Fanny. Et le brouillard s'est épaissi. On y voit encore moins bien.

– Regardez là-bas, dit Jack en pointant le doigt dans la nuit.

Mike vit ce qu'il indiquait : une faible lueur jaunâtre qui brillait au bout du champ. Une seconde après, elle disparut.

– Il y a au moins une autre personne qui joue encore, souligna Fanny. C'est sûr. Et on sait qu'Andrew est toujours là, puisqu'on vient de le voir.

– Bon. Dans ce cas, allons par là, décréta Mike en faisant un geste avec la torche. On pourra peut-être attraper quelqu'un…

Fanny hésita un instant, puis acquiesça. Les trois complices sortirent prudemment du fossé et s'engagèrent dans le champ obscur. Mike resta baissé le plus bas possible et espéra que le brouillard le dissimulerait.

Maintenant que le vent était tombé, le silence qui l'avait remplacé était assez angoissant. Mike se surprit à jeter des coups d'œil nerveux à droite et à gauche en marchant, même s'il n'y voyait pas grand-chose dans les ténèbres impénétrables.

La faible lueur jaune se ralluma – sur leur gauche, cette fois.

– Venez, dirigeons-nous vers cette lumière, suggéra-t-il. Au moins on sait qu'il y a quelqu'un là-bas.

Fanny, qui marchait en tête, tourna dans cette direction, mais elle trébucha et faillit tomber.

Mike pointa brièvement la torche vers le sol pour voir ce qui l'avait déstabilisée. C'était une paire de bottes en caoutchouc jaunes.

Fanny en ramassa une.

– Je peux avoir la lampe une seconde ? demanda-t-elle à voix basse.

Mike la lui tendit et elle éclaira l'intérieur de la botte, puis la reposa.

– Bien ce que je pensais. C'est celles de Simone, dit-elle en voyant une étiquette avec son nom dedans. Mais où est-elle ?

Mike haussa les épaules et regarda tout autour d'eux, dans le champ. Il n'y avait personne.

– Peut-être que c'est une blague, expliqua-t-il.

– Et ça, c'est quoi ? demanda Jack d'un ton impérieux.

Il était à genoux par terre et désignait un gros tas de poussière blanche près des bottes en caoutchouc.

Mike s'agenouilla à côté de lui et trempa un doigt dans la substance poudreuse pour l'examiner.

– C'est de la cendre, chuchota-t-il en la frottant entre ses doigts. On dirait que quelque chose a été brûlé.

– Maintenant qu'elle a été attrapée, Simone essaie de faire croire qu'elle a disparu ! dit Fanny. Je parie qu'elle se cache quelque part près d'ici.

Elle alluma la torche et s'en servit pour balayer les alentours sur trois cent soixante degrés.

– Allez, Simone, montre-toi ! cria-t-elle, amusée.

Mais la lumière de sa lampe ne révéla rien à part la brume filandreuse qui se muait rapidement en épais brouillard gris.

– Qu'est-ce que tu fais ? la réprimanda sèchement Mike. Quelqu'un va nous voir !

– C'est ce que tu voulais, non ?

– Non. Je veux juste savoir où sont les autres, expliqua-t-il.

Il éprouvait un léger malaise.

– Tu as raison, ce doit être une blague, dit Fanny. Sinon, je ne vois pas pourquoi ils auraient tous disparu comme ça. Et ça expliquerait la présence des bottes de Simone. Les autres veulent probablement nous faire peur.

– Ou me faire peur à moi, souligna Mike, énervé – même si son agacement était modéré par son appréhension. C'est ça, le plan ? Coller la trouille au Londonien ? Je parie que tu es dans le coup, toi aussi !

– Comment tu peux dire ça ? protesta Fanny, indignée.

– Excuse-moi, je ne le pensais pas.

– Tu devrais mieux me connaître.

– Je t'ai dit que je ne le pensais pas, répéta Mike. Je crois qu'on est tous un peu sur les nerfs, à force.

– Pas moi, dit Jack avec un sourire radieux.

– Venez, continuons à marcher, décida Fanny en s'éloignant dans l'herbe haute.

Mike hésita un instant, puis s'aperçut qu'elle avait la torche et qu'il serait complètement perdu s'il se retrouvait tout seul dans le brouillard. Il s'élança à sa suite.

– Où allons-nous ? Tu es sûre que tu sais toujours où on est ? demanda-t-il.

– Tout va bien. Fais-moi confiance, lui dit Fanny.

– Mais comment tu sais qu'on va dans le bon sens ? insista Mike.

Elle poussa un soupir las.

– Je le sais, c'est tout.

– Bon, alors est-ce qu'on se dirige vers ma maison ou vers l'endroit où on a commencé le jeu ? voulut savoir Mike.

– Vers ta maison, répondit Fanny. J'en ai assez de ce jeu, maintenant.

– Mais ma maison est par *là*, affirma Mike en pointant le doigt vers sa gauche.

– Non, protesta Fanny. J'habite ici depuis…

– Oh, arrêtez de vous disputer ! les interrompit Jack. On est perdus, non ?

Tous trois s'immobilisèrent. Une petite brise se mit à souffler, faisant tourbillonner l'épaisse brume argentée qui les entourait.

– Jack a raison. On est bel et bien perdus, pas vrai ? reprit Mike en regardant Fanny.

La jeune fille soupira.

– Eh bien… je *crois* que ta maison est par là, dit-elle – et elle se remit à marcher dans la végétation enchevêtrée.

Mike soupira et la suivit. Jack s'engagea sur leurs talons d'un pas sautillant. Il semblait moins inquiet que les deux autres.

Mike avait l'impression qu'il faisait de plus en plus froid à chaque seconde et, malgré le pull et le manteau épais qu'il portait par-dessus son T-shirt, il fut pris de frissons. Mais il oublia cela aussitôt quand il marcha sur un objet dur.

Il s'agenouilla vivement pour le ramasser.

– Fanny ! appela-t-il tout bas en tendant devant lui ce qu'il avait trouvé. Regarde.

Elle s'approcha et examina ce qu'il avait dans la main.

– C'est une lampe torche, constata-t-elle avec une note d'étonnement dans la voix.

– C'est celle d'Andrew Scutt, précisa Mike. Je la reconnais.

Il l'alluma et l'éteignit.

– Elle marche encore.

– Et ça, qu'est-ce que c'est ? demanda Fanny en désignant quatre creux sur le manche en plastique de la torche.

Les marques donnaient l'impression qu'une main l'avait serré avec force.

– On dirait que le plastique a fondu, commenta Mike en étudiant les marques. Mais qu'est-ce qui aurait pu le faire brûler comme ça ?

Fanny balaya les alentours avec sa lampe, et quelque chose attira l'œil de Mike. Par terre, à l'endroit où il venait de ramasser la torche d'Andrew, se trouvaient encore des cendres blanches, comme celles qu'ils avaient remarquées près des bottes de Simone. Il les montra du doigt.

Fanny ne dit rien, mais elle laissa sa torche allumée.

– Je croyais que tu tenais à gagner le jeu, observa Mike.

Elle eut un sourire sombre.

– Certes, mais je crois que tu as raison. Tout ça est très bizarre. Peut-être que c'est juste une blague idiote, mais quoi qu'il en soit, le jeu a sans doute été annulé. Je pense qu'on devrait tâcher de retourner chez toi, maintenant.

Mike hocha la tête et alluma la lampe rouge d'Andrew. Le vif rayon de lumière fendit l'obscurité d'une manière rassurante, mais le brouillard obscurcissait toujours la vue devant eux.

– Je peux essayer la torche ? demanda Jack d'un ton plein d'espoir.

Mike hésita un instant, puis tendit la lampe électrique au petit garçon et le regarda courir d'un côté et de l'autre en l'agitant.

– On n'en a plus pour longtemps, déclara Fanny d'une voix déterminée – et Mike se demanda si elle essayait de rassurer les garçons ou de se rassurer elle-même.

Ils reprirent leur route, qui les entraîna au sommet d'une colline, parmi des arbres puis à travers un nouveau champ. Mike avait mal aux jambes et s'aperçut qu'il était essoufflé. Ça le fit penser à Jack.

– On aurait pu imaginer que cette grande balade allait aggraver l'asthme de ton frère, fit-il remarquer à Fanny, mais je ne l'ai pas entendu haleter depuis un moment.

La jeune fille s'arrêta.

– Tu as raison. Il est devenu drôlement silencieux. Ça va, Jack ?

Seul le silence lui répondit.

Elle fit un tour sur elle-même en éclairant la nuit sombre avec sa lampe électrique. Mike suivit des yeux le rayon de lumière, mais il ne distingua que de l'herbe et des arbres baignés d'ombre dans le brouillard.

Jack avait disparu.

—

– Jack ! appela Fanny, affolée.

– Jack ! lança Mike en écho.

Il maudit la brume qui les empêchait d'y voir clair.

Fanny balaya les champs plongés dans le noir avec sa torche, mais son puissant rayon de lumière ne révéla que des arbres, des buissons, de l'herbe et le brouillard qui s'épaississait.

Mike remonta en courant la côte qu'ils venaient de descendre. Il entendait Fanny, juste derrière, qui le suivait.

– Il a dû s'éloigner sans qu'on s'en rende compte,

dit-il en s'arrêtant pour regarder à droite et à gauche en quête d'une trace du petit garçon.

– Il faut qu'on le retrouve, Mike, répondit Fanny avec angoisse, les larmes aux yeux.

– Ne t'inquiète pas, on va le retrouver, lui assura-t-il. Je te le promets, on n'ira nulle part tant qu'on ne l'aura pas retrouvé.

Fanny s'essuya les yeux, sans cesser d'éclairer le sol avec sa torche.

– Regarde ! Là-bas, s'étrangla-t-elle.

La lumière de sa lampe faisait briller un objet en plastique dans l'herbe. Les deux amis coururent dans cette direction. Dès qu'elle vit de quoi il s'agissait, Fanny fondit en larmes.

C'était l'inhalateur de Jack. Le plastique avait fondu et, comme pour la torche d'Andrew Scutt et les bottes en caoutchouc de Simone, le sol alentour était recouvert d'une épaisse couche de cendres argentées.

– S'il a une crise d'asthme alors qu'il a perdu son inhalateur, ça pourrait être très grave ! lâcha Fanny dans un sanglot, horrifiée.

– Ça a dû tomber de sa poche pendant qu'il

courait, dit Mike avec fermeté. Garde-le, on le lui rendra quand on l'aura retrouvé.

– Mike, je suis sérieuse. Sans son inhalateur, Jack pourrait carrément *mourir* ! gémit Fanny.

Mike scruta la nuit en plissant les yeux et aperçut une lueur jaune à une centaine de mètres devant eux. Il la montra du doigt.

– Par ici !

– Jack ! cria Fanny en courant vers la lueur.

Mike la suivit.

– Reste où tu es, Jack ! reprit Fanny, haletante.

– Il doit se servir de la torche pour nous montrer où il est, supposa Mike.

– On y est presque, Jack ! s'égosilla Fanny.

Ils étaient à moins de cinquante mètres quand la lumière vacilla et s'éteignit.

– JACK ! hurla Fanny. Rallume la torche !

Mike continua de courir et la doubla comme s'ils faisaient la course.

– Je vais le chercher, lança-t-il par-dessus son épaule. Jack ! appela-t-il encore, en ralentissant quand il vit une barrière en bois émerger du brouillard devant lui.

Il l'escalada, et s'immobilisa en haut un instant. Il fut ravi d'entendre une respiration entrecoupée, non loin sur sa droite.

– Jack !

Sa voix s'étrangla ; Mike était submergé par une énorme vague de soulagement.

Il enjamba la barrière et sauta de l'autre côté, mais son pied glissa et il partit en roulés-boulés dans la pente. Le flanc de la colline était raide ; quand il arriva en bas, il avait le tournis. Le souffle court, il se releva tant bien que mal et repartit péniblement vers le sommet.

Quand il fut remonté, ses jambes le tiraillaient après l'effort que lui avait coûté l'ascension, mais il se força à continuer. Une fois revenu devant la barrière, il s'aperçut qu'il n'entendait plus la respiration de Jack. Et quand il regarda autour de lui, une autre question lui vint à l'esprit : où était Fanny ?

Il ne voyait pas la lumière de sa torche et ne l'entendait pas du tout marcher. D'abord Simone, puis Andrew, ensuite Jack, et maintenant Fanny ! Que se passait-il ? Mike, sentant monter la panique, déglutit avec peine. La jeune fille avait dû le suivre de l'autre côté de la barrière et dégringoler, comme lui.

Soudain, un hurlement sinistre résonna dans l'obscurité. On aurait dit le cri d'un loup. Mike frissonna. Puis il se rappela le chien errant qu'il avait aperçu plus tôt dans la soirée. « Ce n'est pas un loup, se dit-il avec fermeté. On est en Angleterre, pas en Transylvanie ! C'est juste le chien errant de tout à l'heure… ou peut-être un renard. »

Son imagination s'emballait à cause de l'obscurité, du brouillard et des étranges incidents de la soirée, il s'en rendait bien compte. Il s'appuya contre la barrière et se força à se calmer. Progressivement, les battements frénétiques de son cœur ralentirent et sa respiration reprit un rythme régulier.

Mike prit conscience alors qu'il sentait un tissu épais et doux sous ses doigts. Les sourcils froncés, il l'examina dans l'obscurité. C'était le manteau de Fanny. Il s'était accroché à la barrière et il pendait là, comme si la jeune fille s'en était dégagée et l'avait tout simplement abandonné.

– Fanny ! appela-t-il, affolé.

Il n'y eut pas de réponse. Mais ensuite, une fois de plus, il entendit la même respiration sifflante et assourdie qu'un peu plus tôt.

– Jack ! hurla-t-il. Fanny ! Répondez-moi, l'un de vous deux !

Sa voix fit écho dans la nuit, comme si elle rebondissait sur le brouillard autour de lui.

Le faible halètement était plus sonore, à présent : il s'était rapproché. Mike se retourna vivement et afficha un grand sourire, car il y avait de la lumière à moins de vingt mètres de lui. Mais son sourire disparut quand il compris que ce n'était pas la lumière d'une torche électrique. Elle était vacillante et dorée, comme la lueur d'une bougie.

Flottant à la hauteur de son visage, elle venait vers lui. De plus en plus vive... De plus en plus près... Elle finit par se faire aveuglante, si bien qu'il dut s'abriter les yeux. Pendant ce temps, le halètement rauque devint de plus en plus fort. On aurait dit un chien qui gronde.

– C'est toi, Jack ? murmura Mike, la voix tremblante.

La boule de lumière n'était plus qu'à quelques mètres, à présent; il la vit enfin distinctement. C'était la lueur d'une lanterne. La flamme vacillante dessinait un rond de lumière. Et maintenant, outre la respiration entrecoupée, Mike percevait quelque chose de bien pire : une odeur épouvantable qui lui noua les narines et la gorge. C'était une odeur de viande brûlée.

Il essaya de reculer, mais la barrière qui se trouvait derrière lui l'en empêcha. La terreur le forçait à garder les yeux rivés sur la lumière. Ensuite, la lanterne s'éleva pour s'approcher d'un visage et Mike put enfin voir qui la tenait.

Avec cette ignoble puanteur dans les narines et ce gros bruit de respiration dans les oreilles, il ouvrit la bouche pour hurler, mais aucun son n'en sortit. Il ne put qu'écarquiller les yeux d'horreur.

Ce qui se tenait devant lui était un homme, ou du moins l'avait été un jour. De la peau noircie et carbonisée se décollait de son visage et de ses mains comme de la peinture usée. Elle pendait en longues bandes de sa mâchoire et de son front, telles des pelures de pomme brûlées. Mike sut aussitôt qu'il avait devant lui Axby, le fermier mort.

Axby ouvrit la bouche – ses lèvres calcinées s'écartèrent, révélant une langue boursouflée.

– Je t'ai vu, Mike Lewis, dit-il de sa voix rauque.

En un éclair, Mike comprit pourquoi il ne restait plus qu'un tas de cendres à l'endroit où les autres joueurs auraient dû se trouver.

– Je t'ai vu, répéta l'horrible fermier.

Cette fois, il y avait une note de triomphe bien discernable dans sa voix. De son souffle nauséabond, Axby le fermier éteignit sa lanterne.

Et tout fut noir.

DES GOÛTS ET DES COULEURS

Les mots bourdonnaient à ses oreilles comme des abeilles énervées. Assise sur le siège passager, dans la voiture, Carrie Peterson se pencha pour monter le volume du lecteur CD et noyer ce déluge de paroles.

Sa mère n'avait pas cessé de parler un instant depuis qu'elles avaient quitté la maison. C'est du moins l'impression qu'avait Carrie. Non que ce matin soit différent des autres. Elle avait droit au même refrain tous les jours.

– Tu as fait tes devoirs, j'espère ? lui demanda Mrs Peterson.

– Oui, maman, dit-elle en tâchant de se concentrer sur la musique pour ne plus entendre sa mère, dans la mesure du possible.

– Et tu t'es inscrite au cours de théâtre qui a lieu après les cours, hein ?

– Oui, maman, répondit Carrie en parvenant à garder son sourire figé en place.

Mrs Peterson la regarda un instant.

– Tu t'es brossé les cheveux, ce matin ?

Elle avait un air dubitatif.

– Oui, maman.

– On ne dirait pas.

– C'est fait exprès ! grommela Carrie en dépliant le pare-soleil.

Elle inspecta son reflet dans le miroir et se passa une main dans les cheveux. Sa couleur naturelle était blond vénitien, mais, récemment, elle avait ajouté des mèches roses.

– J'espère que cette teinture partira avec du shampoing, commenta sa mère en lissant ses cheveux blonds.

Elle avait une coupe et une coiffure impeccables, elle.

– Ça partira en trois jours, maman, expliqua patiemment Carrie. Comme la dernière fois.

– Tu parles de la teinture bleu ciel ? Celle pour

laquelle ton professeur principal t'a menacée de te donner une semaine de retenue ?

Carrie haussa les épaules.

– Mrs Rigby ne connaît rien à la mode. Elle ne risque pas d'apprécier ma couleur de cheveux ou mon look. Pourquoi est-ce que tout le monde se préoccupe tellement de mon apparence, de toute façon ? poursuivit-elle, prise d'une humeur rebelle. Ça ne regarde personne d'autre que moi. Même si la plupart des gens ne comprennent pas mon look, ça ne veut pas dire qu'il n'est pas bien. C'est mon style, voilà tout – de même que le tien, c'est les fringues de marque.

– Au moins mes tenues sont correctes. Je serais un peu ridicule si je débarquais au bureau habillée comme toi, tu ne penses pas ?

Carrie jeta un coup d'œil à la panoplie qu'elle s'était composée avec tant de soin ce jour-là. Elle portait son T-shirt à manches longues vert vif avec une tête souriante imprimée sur le devant, sous un cardigan rouge garni de badges de tailles diverses sur les deux côtés. Son jean à pattes d'éléphant était délavé et usé jusqu'à la corde au niveau des genoux; et ses chaussettes à rayures étaient visibles au-dessus de ses tennis.

– Tu n'as jamais tenté des expériences avec ton look quand tu avais mon âge ? demanda-t-elle avec un soupir.

– Bien sûr que si, répondit sa mère. Mais je ne suis pas allée jusqu'à me faire une teinture qui me donnait l'air d'avoir des filaments de réglisse rouge dans les cheveux !

– Moi, j'aime bien, et mes vraies amies trouvent que mon style est cool. C'est tout ce qui compte, déclara la jeune fille avec fermeté.

Sa mère soupira à son tour et arrêta la voiture juste après le portail du collège. Carrie tendit la main vers la banquette arrière et récupéra son dernier coup de cœur, qu'elle posa sur ses genoux : une grande besace rétro qu'elle avait décorée à sa façon et qui faisait sa fierté.

– Tu as tes affaires de sport ? lui demanda sa mère tandis qu'elle sortait de la voiture.

La jeune fille sourit et agita le sac en toile sous son nez.

– Je doute qu'une seule autre fille ait un sac comme le tien, observa Mrs Peterson.

Carrie leva les yeux au ciel.

– Ben oui, maman, c'est le but, justement !

Elle claqua la portière derrière elle et entendit la vitre électrique vrombir en s'abaissant.

– Bonne journée, lança sa mère. Essaie de ne pas agacer trop de gens !

Elle fit un clin d'œil à sa fille pour lui montrer qu'elle le disait à moitié pour plaisanter.

– Je ferai de mon mieux, maman.

Carrie se força à sourire.

– Tu vas encore travailler tard, ce soir ?

– C'est difficile à dire, répondit sa mère. Je ferai mon possible pour être à la maison à six heures, mais tu sais que ce n'est pas facile. À plus tard !

Carrie hocha la tête et, pendant que sa mère s'en allait, murmura d'un ton las :

– Non, maman. Ce n'est *jamais* facile, hein ?

—

– Eh bien moi, je le trouve génial, déclara Tess Walker. J'aimerais bien avoir un sac comme le tien.

Carrie sourit en regardant son amie Tess admirer sa besace rétro. C'était l'heure du déjeuner, et leur première occasion de se raconter les dernières nouvelles. Carrie s'écarta vivement du chemin quand un garçon plus jeune passa devant elle en courant, bientôt suivi par un groupe de copains.

– Tu as fait tous ces dessins toi-même ? lui demanda Tess en tournant le sac dans tous les sens.

– Oui. Et j'ai aussi cousu les pièces, ajouta Carrie. Ma mère le déteste, naturellement. Mais elle déteste tout, en ce qui concerne mon style.

– Tous les parents détestent ce qu'on porte, ce qu'on fait, ce qu'on dit et ce qu'on écoute, répliqua Tess avec un rictus. C'est leur boulot.

Les deux filles pouffèrent, mais elles furent interrompues de manière abrupte par une voix acide :

– Tu as trouvé ce sac chez Emmaüs, Carrie ?

En levant les yeux au ciel, Carrie se tourna dans la direction d'où venait la voix. C'était Lisa Jameson.

– Ou bien tu l'as acheté aux puces ? continua-t-elle avec un grand sourire.

Derrière elle, les cinq filles qui la suivaient toujours partout gloussèrent méchamment.

– Ou peut-être que tu l'as simplement récupéré dans la décharge publique ? poursuivit Lisa, déchaînant de nouveaux rires. C'est quoi, ton problème ? Tu n'as pas les moyens de te payer un sac neuf ? Ta mère gagne assez d'argent, pourtant. Elle doit avoir honte de te laisser venir au collège avec un truc pareil.

Elle examina le sac avec mépris.

– Tu devrais lui demander de t'acheter quelque chose de correct.

– Moi, j'aime bien ce sac-là, merci, dit Carrie. Les goûts et les couleurs, ça ne se discute pas, tu sais.

– Oui, je sais, chacun ses goûts… sauf que toi, tu n'en as pas ! rétorqua Lisa.

Les filles de sa clique s'esclaffèrent.

– Bon, je ne vais pas discuter avec toi, Lisa, dit Carrie avec lassitude, en haussant la voix pour être entendue dans le chœur de rires.

Elle se détourna, prête à s'en aller.

– Viens, Tess.

– Vas-y, sauve-toi ! lança Lisa. Tu trouveras peut-être un sweat ou un pantalon sympa dans les poubelles du collège.

En s'éloignant avec Tess, Carrie sentit ses joues s'enflammer tandis que les rires des autres filles résonnaient à ses oreilles.

– Je la déteste, dit Tess alors qu'elles quittaient la cour pour se diriger vers les toilettes.

Carrie ne répondit pas. Pendant un moment, elle crut qu'elle allait pleurer, mais ce sentiment céda vite la place à la colère. Quand elles entrèrent dans les toilettes, elle s'approcha d'un des lavabos pour étudier son reflet dans le miroir. Puis elle tourna un robinet et se lava les mains.

– Lisa a peur d'être différente, dit-elle rageusement. Elle veut être comme tout le monde. Elle veut avoir le même look que les autres, parler comme les autres et se comporter comme les autres, et ces filles qui traînent avec elle ne sont que des moutons. Elles me font pitié !

Tess l'approuva d'un hochement de tête.

– D'abord ma mère, et maintenant Lisa Jameson, gémit Carrie en s'essuyant les mains. Peut-être que ma mère s'est trompée de bébé à ma naissance. Elle aime les fringues de marque et Lisa aussi. Elle est blonde et Lisa aussi.

– Toi aussi, *au naturel*, lui rappela Tess. C'est juste que tu te teins les cheveux d'une couleur différente chaque mois.

– Eh bien, tu sais ce qu'on dit : la variété est le sel de l'existence ! Le mois prochain, je pense que je vais opter pour un rouge vif, ajouta-t-elle avec amusement. Ou peut-être un vert lumineux. Avec ça, je suis sûre de faire jacasser tout le monde…

Les deux filles pouffèrent d'un rire qui retentit dans toute la pièce. Carrie se regarda encore une fois dans le miroir et retrouva sa bonne humeur. Il en faudrait plus que Lisa Jameson et ses stupides groupies pour lui saper le moral. Elle se passa une main dans les cheveux et sourit à son reflet.

—

Quand la cloche sonna la fin des cours de la journée, Carrie sortit avec un flot d'élèves, qui s'égaillèrent dans diverses directions pour rentrer chez eux. Elle se retrouva bientôt toute seule devant le portail du collège. Au moment où elle soulevait son sac pour l'accrocher à son épaule, quelqu'un se planta devant elle. La jeune fille sentit son cœur se serrer.

– Sympa, ton cardigan ! gloussa Lisa Jameson. Non, je rigole.

Les filles qui l'entouraient éclatèrent de rire en regardant le cardigan rouge de Carrie et ses badges placés avec application.

Carrie ouvrit la bouche pour répliquer, puis se ravisa et contourna Lisa pour se diriger vers chez elle.

– Il est de la même couleur que la couverture de mon chien ! lança une des filles dans son dos.

– Peut-être que *c'est* la couverture de ton chien ! ajouta une autre, déclenchant une nouvelle salve de rires. Il y ressemble drôlement.

« Ignore-les, se dit Carrie. Elles ne valent pas la peine que tu perdes ton temps. »

Elle continua à marcher, mais les autres la suivaient et refusaient de se taire.

Lisa la rejoignit et déclara avec un air de triomphe :

– Tu es trop sensible, voilà tout. C'est ça, ton problème.

Carrie s'immobilisa sur le trottoir tandis que Lisa et les autres filles partaient en courant dans la rue.

L'une d'elles se retourna pour lui faire un signe moqueur de la main.

– Bande d'idiotes ! siffla Carrie entre ses dents.

Sentant son portable vibrer, elle le récupéra dans la poche de sa veste et vit qu'elle avait reçu un message de sa mère.

Suis en retard, ne pourrai pas venir te chercher. Vous pouvez vous occuper du dîner, Mark et toi ? Bisous, maman.

Carrie soupira et remit le téléphone dans sa poche.

– Merci, maman, marmonna-t-elle.

« Cette journée est de pire en pire », pensa-t-elle en perdant définitivement sa bonne humeur de tout à l'heure.

—

– Hé, Carrie !

– Amy !

Carrie se dérida en voyant sa cousine courir vers elle.

– Qu'est-ce que tu fais ici ?

– J'ai décidé d'aller voir le marché du parc en rentrant du collège, répondit Amy.

Le sourire de Carrie s'élargit.

– Je vais t'accompagner.

Amy et elle étaient proches depuis toujours, même si elles fréquentaient depuis peu des collèges différents. Les deux filles franchirent la grille métallique du parc.

– Tu ne te fais pas raccompagner en voiture, ce soir ? demanda Amy.

– Maman travaille tard, encore une fois, soupira Carrie. Avec Mark, on doit préparer le dîner pour le retour de papa.

– J'ai vu un camion de pompiers, ce matin, et ton père était au volant. Il m'a fait signe en passant.

– J'espère qu'il n'a pas été appelé sur un gros incendie, dit Carrie avec inquiétude. Je me fais toujours du souci pour lui quand il travaille.

Les deux cousines continuèrent à marcher en silence pendant un moment. Puis le marché apparut dans leur champ de vision. C'était un festival de couleurs, d'odeurs, d'images et de sons. Les auvents colorés semblaient créer un effet d'arc-en-ciel. Et l'odeur de café, de bacon et d'oignons en train de griller qui se dégageait d'un des stands leur donna faim.

En arrivant devant le premier stand, elles s'arrêtèrent pour regarder les bijoux faits main qui avaient été disposés avec soin sur un tissu en velours noir.

Amy prit une broche d'argent en forme de marguerite avec un œil-de-tigre au milieu et la tint devant le cardigan de Carrie.

– Ça fait bien sur toi, commenta-t-elle.

Carrie sourit, mais secoua la tête quand elle vit le prix.

– Ouais, mais je n'ai pas vingt livres.

Amy reposa la broche et les filles reprirent leur chemin. Elles passèrent devant d'autres stands, qui vendaient de tout, depuis les dessins au fusain jusqu'aux bougies parfumées.

– Allons voir ça, là-bas, proposa Carrie en désignant d'un mouvement du menton un étalage de livres et de magazines. Je n'ai plus rien à lire.

La plupart des livres cartonnés qui étaient exposés s'étaient décolorés avec le temps, et nombre d'entre eux n'avaient plus de jaquette. Pendant qu'Amy examinait les titres imprimés sur le dos, Carrie prit un livre et en tourna les pages jaunies.

– Regarde celui-là ! s'exclama sa cousine en désignant un ouvrage d'astronomie.

La couverture représentait un télescope peint d'une couleur argentée, entouré d'étoiles scintillantes qui dessinaient le nom de l'auteur.

Carrie sourit, mais les vieux magazines à une extrémité du stand l'intéressaient davantage.

– Certains de ces journaux ont plus de trente ans, fit-elle remarquer en prenant un numéro de *Film Review*. Ce sont presque des antiquités !

– Ils sont tous à dix pence, ma belle, dit la vieille dame qui tenait le stand. Prends ton temps pour choisir.

Elle adressa un petit sourire à Carrie en resserrant son manteau autour d'elle. Ses longs cheveux gris étaient noués en queue-de-cheval avec un gros chouchou en velours noir. Son visage aux traits fins affichait un air pincé, et elle avait les yeux les plus bleus que Carrie ait jamais vus.

– Tu vas acheter quelque chose ? souffla Amy.

Carrie ne répondit pas. Elle ne regardait pas les magazines, mais le bras droit de la vendeuse. La vieille dame avait la main résolument enfoncée dans le porte-monnaie qu'elle avait autour de la taille, avait noté la jeune fille, et elle ne l'en sortait jamais, pas même pour servir ses clients.

– Qu'est-ce que tu vas prendre ? insista Amy.

Carrie détacha les yeux de la vieille dame et parcourut du regard les couvertures des magazines. L'un d'eux attira soudain son attention.

– Regarde ça, dit-elle en s'en saisissant. Il me le faut. Tu as vu la date ? C'est le jour de ma naissance !

– Et, il y a un cadeau en prime, ajouta Amy. Regarde, il est collé à la couverture.

– Je peux prendre celui-ci, s'il vous plaît ? demanda Carrie à la vieille dame en lui tendant le magazine et en fouillant dans son porte-monnaie à la recherche d'une pièce de dix pence.

– Bon choix, ma belle, commenta la dame.

Elle posa le journal et tendit la main gauche pour prendre l'argent.

– Il est très rare. Il vaudra bien plus que dix pence d'ici à quelques années.

Elle tendit son achat à Carrie, mais seulement après avoir décollé d'un geste vif le cadeau de la couverture pour le glisser dans la poche de son manteau.

– Ça ne va pas avec le magazine ? s'enquit Carrie, un peu agacée qu'on lui refuse son bonus.

La vieille dame se contenta de secouer la tête.

– C'était une bague qui révèle votre humeur, non ? insista Carrie.

Elle montra la couverture du doigt.

– Regardez : ça dit qu'à l'intérieur un tableau indique ce que signifie chacune des couleurs que la bague peut afficher. J'ai toujours eu envie d'une bague comme ça.

– Celle-ci ne te plairait pas, ma belle, répliqua fermement la vieille dame.

– Mais elle va avec le magazine ! Je peux l'avoir, s'il vous plaît ? s'entêta Carrie.

– C'est le *magazine* qui coûte dix pence, ma jolie. Pas la bague, lui répondit froidement la dame en la fusillant de son regard bleu glacial.

Là-dessus, elle tourna le dos à Carrie et se mit à ranger les livres et revues de son stand dans les cartons posés par terre.

– Combien voulez-vous pour cette bague ?

demanda encore Carrie, exaspérée, avec autorité. J'aimerais vraiment l'avoir.

– Je ne voudrais pas être impolie, dit la dame pardessus son épaule, mais j'ai beaucoup à faire pour remballer ma marchandise. Si tu veux absolument une bague, va voir le stand de Bob, à l'autre bout du marché. Il a des choses ravissantes.

Et elle continua de fourrer des magazines dans les cartons. Carrie observa qu'elle avait les joues en feu. De toute évidence, la vieille dame voulait qu'elle s'en aille, mais la jeune fille s'entêta, restant vissée sur place. Elle avait passé une journée assez mauvaise comme ça, sans qu'on essaie en plus de l'arnaquer.

– Je vous en donnerai cinquante pence, dit-elle enfin.

– Cette bague n'est pas à vendre, ma belle. C'était le magazine que je vendais, pas la bague.

Carrie et Amy échangèrent un regard perplexe, puis se tournèrent de nouveau vers la vieille dame, qui avait réussi à débarrasser son stand à une vitesse stupéfiante. Elle avait rangé les livres et magazines restants et entassé les cartons dans un chariot de supermarché rouillé. Sous le regard médusé des filles, elle s'éloigna précipitamment en poussant le chariot devant elle.

– Bah, ce n'était qu'une bague en toc sans valeur, Carrie, dit Amy pour consoler sa cousine. Viens, allons voir ce qu'on peut trouver avant que les autres stands remballent aussi.

Carrie acquiesça et les deux filles reprirent leur promenade dans le marché. Elles s'arrêtèrent devant un stand de chapeaux et en essayèrent quelques-uns. Dans un stand de gâteaux, elles achetèrent des cookies aux pépites de chocolat et les mangèrent avidement. Puis, tandis que Carrie envisageait de rentrer chez elle, Amy repéra une croix celtique à laquelle elle ne put résister. Elle l'acheta et se l'accrocha autour du cou.

– Elle est superbe, lui dit Carrie en l'admirant. Tu veux acheter autre chose ?

– Non, merci, répondit Amy. Il commence à faire froid. Je pense que je ferais mieux de rentrer.

– Bonne idée.

Les filles se dirigèrent vers la sortie.

Alors qu'elles partaient, quelque chose de brillant

attira le regard de Carrie. Un petit objet métallique gisait dans l'herbe, près du stand désormais vide de la vieille dame.

Carrie se précipita et se baissa pour ramasser l'objet.

– C'est la bague caméléon ! s'exclama-t-elle, étonnée. Elle a dû tomber de la poche de la vieille dame pendant qu'elle remballait sa marchandise.

– Tu vas la garder ? demanda Amy.

– Eh bien… j'ai acheté le magazine auquel elle était accrochée, non ?

Amy hocha la tête.

– Ouais, et c'était censé être un cadeau offert avec.

Carrie examina la bague un moment d'un air songeur, puis la glissa dans sa poche.

– La vendeuse n'a sans doute même pas remarqué qu'elle l'a perdue, reprit sa cousine. Bon. Maintenant, il faut vraiment que je rentre. Ma mère va se demander où je suis.

– Moi aussi, renchérit Carrie. Je ne peux pas laisser Mark préparer le dîner tout seul, sinon il va me tuer !

Amy s'esclaffa et la salua d'un geste, puis les deux cousines partirent hâtivement dans des directions opposées.

Carrie sourit toute seule. Pour la première fois de la journée, elle était vraiment heureuse.

—

Quand Carrie arriva chez elle, il faisait chaud dans la maison et de délicieux arômes émanaient de la cuisine.

– C'est moi ! lança-t-elle en ôtant ses chaussures.

– Pas trop tôt, répondit son frère depuis la cuisine. J'ai déjà commencé à préparer le dîner.

Carrie chercha la bague caméléon à tâtons au fond de sa poche. Ses doigts se refermèrent dessus et elle la ressortit à l'air libre, tout excitée, puis la tourna et la retourna dans sa paume ouverte. La bague brillait d'une lueur sombre dans la lumière. Lentement, Carrie la glissa sur son index de la main droite.

Elle lui allait à la perfection. La jeune fille sourit – ce bijou avait quelque chose de magique. On aurait pu croire qu'il était fait pour elle. Elle regarda la couverture du magazine. Ça disait :

POUR TOUT SAVOIR SUR L'UTILISATION DE VOTRE BAGUE CAMÉLÉON, LIRE PAGE 4.

– Je viens t'aider dans une minute, Mark ! lança-t-elle distraitement en se dirigeant vers le salon.

– Papa a téléphoné pour dire qu'il serait à la maison dans une demi-heure à peu près, répondit son frère d'une voix forte.

Carrie marmonna un « oui » et s'assit dans le canapé en feuilletant le vieux magazine. *LA COULEUR DE LA BAGUE CORRESPOND-ELLE À VOTRE HUMEUR ?* proclamait le titre imprimé en gros caractères de la page 4. Carrie parcourut le tableau de couleurs :

BLEU CLAIR	Bonheur
ROSE	Optimisme
BLEU FONCÉ	Tristesse
ROUGE	Colère
VIOLET	Peur
MARRON	Confusion
VERT	Jalousie
ORANGE	Satisfaction
JAUNE	Maladie
GRIS	Fatigue

À cet instant, la pierre de la bague était bleu clair. Curieuse, Carrie chercha cette couleur dans le tableau qu'elle avait sous les yeux.

Elle hocha la tête.

– Non seulement elle me va à la perfection, dit-elle gaiement pour elle-même, mais en plus elle reflète vraiment mon état d'esprit !

– Carrie, tu viens m'aider ou quoi ? tonna son frère depuis la cuisine.

Carrie jeta un coup d'œil à la bague. Avait-elle changé de couleur ? Non. Apparemment, il n'y avait pas de couleur pour « Agacée par son grand frère ». Elle sourit toute seule et cria :

– J'arrive !

Elle venait de se lever quand le téléphone sonna.

– Je réponds ! s'égosilla-t-elle en tendant la main vers le combiné. C'est sans doute maman pour nous dire qu'elle est en route…

Elle décrocha.

– Allô ?

– Allô, je parle à Carrie ? demanda une voix légèrement nasale à l'autre bout du fil.

– Oui, confirma-t-elle.

– C'est Caroline à l'appareil, reprit la personne qui appelait – l'assistante de sa mère. Ta mère m'a demandé de te faire penser à éteindre la cuisinière quand tu auras fini de préparer le dîner.

– D'accord, Caroline, merci, répondit Carrie avec lassitude. Elle a dit à quelle heure elle serait à la maison ?

– Non, désolée. Elle est en réunion en ce moment.

– Alors tu ne peux pas me dire dans combien de temps elle rentrera ?

– Non. Ça peut être dans une heure ou plus. Tu sais comment sont ces réunions.

– Oui, je sais, marmonna tristement Carrie. D'accord. Merci d'avoir appelé, Caroline. Au revoir.

Elle raccrocha et poussa un gros soupir.

En détachant la main du téléphone, elle jeta un coup d'œil à sa nouvelle bague. La pierre était toujours bleu clair, mais, sous ses yeux, elle commença à s'assombrir. Comme lorsque le jour cède la place à la nuit, la teinte de bleu vira progressivement à l'indigo. Carrie n'eut pas besoin de consulter le tableau des couleurs pour savoir ce que signifiait le bleu foncé. C'était la couleur de la tristesse. Manifestement, la bague fonctionnait parfaitement.

Carrie gagna la cuisine.

– Tu as mis le temps ! grommela son frère quand elle entra. C'était qui au téléphone ?

– Caroline. Mais elle ne savait pas à quelle heure maman rentrerait.

– Génial, soupira Mark.

Carrie regarda autour d'elle dans la cuisine. On avait l'impression qu'une bombe y avait explosé. Il y avait des emballages vides sur le plan de travail, des épluchures de pommes de terre par terre à côté de l'évier. Son frère n'avait pas encore mis le couvert, mais il avait renversé du lait sur la table.

– Mark, on pourrait croire que tu as six ans et pas seize ! tempêta Carrie. Regarde le bazar que tu as mis !

– J'ai préparé le dîner, répliqua-t-il en désignant le ragoût qui cuisait dans le four. Si tu avais été là pour m'aider, tu aurais pu nettoyer.

– Et pourquoi je devrais nettoyer tes saletés ? s'indigna Carrie, furieuse.

– D'accord, d'accord, calme-toi. Le bazar ne te dérange pas, d'habitude... J'ai vu l'état de ta chambre ! plaisanta Mark.

– Ha ha ha ! Bon. C'est toi qui as fait ces saletés, alors à toi de les nettoyer ; sinon papa ne sera pas content quand il rentrera, reprit Carrie, consciente que la tentative d'humour de son frère l'avait agacée outre mesure.

– Donne-moi un coup de main, au moins.

– Tu peux rêver !

– Sympa, soupira Mark, agacé. Tu n'étais pas là pour m'aider à faire la cuisine, tu pourrais au moins m'aider à ranger.

– Ne me dis pas ce que j'ai à faire ! hurla Carrie, perdant tout contrôle d'elle-même. J'en ai marre que tu essaies de me donner des ordres sous prétexte que tu es le plus vieux.

Sans répondre, Mark la dévisagea d'un air perplexe. C'était terriblement énervant.

– Ne me regarde pas comme ça ! ajouta-t-elle. Je ne veux pas nettoyer tes saletés, c'est tout ; ça ne veut pas dire que j'ai un problème. Tu n'es qu'un égoïste, et je ne le supporterai pas une seconde de plus !

Elle s'aperçut soudain qu'elle tremblait des pieds à la tête.

– D'accord, d'accord, fit Mark d'un ton pacificateur.

Il semblait sincèrement inquiet.

– Je suis désolé d'avoir mis un tel bazar. Ça ne t'avait jamais énervée comme ça.

En prenant conscience que c'était vrai, Carrie leva les mains comme pour se rendre. Dans le même mouvement, elle remarqua que la bague caméléon brillait désormais d'un éclat rouge : la couleur de la colère. Elle fusilla son frère du regard, mais garda la bouche solidement fermée, redoutant ce qu'elle pourrait dire. Elle était toujours en colère, mais elle avait aussi la nette impression d'avoir été un peu injuste. Elle respira à fond plusieurs fois et sentit sa colère commencer lentement à s'estomper.

– Je vais t'aider à faire le ménage, dit-elle d'une voix radoucie, dès qu'elle fut assez calme pour parler.

Mark hocha la tête en l'examinant d'un drôle d'air : manifestement, il ne savait plus à quelle réaction s'attendre, avec elle. Puis il se mit à nettoyer la cuisine.

Carrie resta immobile un moment. Elle n'en revenait pas de s'être autant énervée contre Mark. Il avait raison, ça ne lui ressemblait pas. Elle essaya de se convaincre que c'était juste parce qu'elle avait passé une mauvaise journée, mais dans un coin de sa tête, quelque chose lui disait que ce n'était pas une explication convaincante.

Perplexe, elle haussa les épaules et entreprit d'aider son frère. En tendant la main pour ramasser un sachet de sauce en poudre, elle s'aperçut que la bague caméléon avait encore changé de couleur. Le rouge de la colère avait été remplacé par le marron de la confusion.

Carrie hocha la tête : elle était bien d'accord avec la bague. Puis elle entendit la porte d'entrée s'ouvrir.

– C'est moi ! lança une voix lasse.

Leur père pénétra d'un pas fatigué dans la cuisine et s'affala sur une chaise. Il paraissait éreinté. Il avait les yeux rouges et du noir sur les joues et les mains.

– Ça va, papa ? demanda Carrie.

Il secoua la tête.

– Il y a eu un incendie dans un entrepôt à la sortie de la ville, expliqua-t-il d'une voix sombre. J'y ai passé des heures. On a mis toute la journée à le maîtriser. Une partie du toit s'est effondrée et deux personnes ont été tuées ; on n'a pas pu les sortir de là à temps.

Lisant l'épuisement et le chagrin sur son visage, Carrie et son frère s'approchèrent de leur père pour lui manifester leur soutien.

– Je crois que je vais filer me coucher, si ça ne vous dérange pas, leur dit-il avec un sourire. Je ne serai pas de bonne compagnie, ce soir, et je suis claqué. Désolé pour le dîner.

Mark haussa les épaules.

– C'est rien, t'en fais pas.

Et il échangea un regard avec sa sœur. Carrie éprouva un pincement de culpabilité. La raison pour laquelle elle s'était mise en colère, si raison il y avait, paraissait totalement insignifiante à côté de ce que venait de raconter leur père.

Elle l'embrassa avant de le laisser monter à l'étage. C'était affreux que ces gens soient morts et elle était désolée que son père ait passé une journée aussi terrible, mais elle ne put réprimer une pointe d'amertume. « Encore une super soirée en famille », pensa-t-elle secrètement.

– Je crois que je vais monter me coucher, moi aussi, dit-elle à son frère.

– Génial ! grommela Mark. Il va falloir que je dîne tout seul, c'est ça ?

En haussant les épaules, incapable de trouver une réponse plus satisfaisante, Carrie tourna les talons et se dirigea vers l'escalier. Quand elle posa la main sur la rampe, elle nota que la bague caméléon était à présent d'un gris terne.

– Fatiguée, traduisit-elle tout haut en voyant cette nouvelle couleur. Tu es précise, toi !

—

Il pleuvait à verse depuis que Carrie avait ouvert les yeux, ce matin-là. Pendant la récréation de midi, installée dans le foyer du collège, elle regarda les gouttes d'eau dégouliner sur les vitres.

– Je déteste la pluie, marmonna-t-elle pour elle-même.

Elle avait les paupières lourdes de fatigue. Cette nuit, son sommeil avait été interrompu sans cesse par des cauchemars. Elle frissonna en se rappelant qu'elle avait notamment rêvé d'une grande silhouette sombre dressée au-dessus d'elle qui lui appuyait un oreiller sur la figure pour l'empêcher de respirer.

Carrie se frotta les yeux. À cause de la pluie, personne n'avait eu le droit de sortir pendant la récréation de midi. Elle se détourna de la fenêtre et regarda autour d'elle dans la pièce. Les conversations et les rires des autres faisaient un bruit de fond permanent.

Des magazines étalés sur une table voisine ayant attiré son attention, elle tendit la main pour en attraper un à feuilleter. À cet instant, elle repéra Lisa Jameson qui marchait vers elle d'un pas assuré, sa petite bande dans son sillage.

– Sympa, ta bague. Tu l'as trouvée dans une de ces farfouilles qui vendent tout pour une livre ? railla Lisa – et les autres filles éclatèrent de rire.

Carrie essaya de les ignorer et se concentra sur son magazine.

– C'est quel créateur qui l'a dessinée ? continua Lisa d'une voix forte. Emmaüs ou l'Armée du salut ?

Cette remarque lui valut une nouvelle salve de gloussements.

– Tu as intérêt à faire attention, ce métal bon marché risque de rendre ton doigt tout vert, poursuivit-elle, se délectant d'avoir un public conquis. Je parie que ta mère ne l'aime pas. Trop toc pour elle, non ? Cela dit, je trouve que tu es un peu trop toc pour ta mère, d'une manière générale. C'est sûrement pour ça qu'elle n'a jamais de temps pour toi.

Carrie sentit la colère monter en elle, mais elle s'aperçut qu'il s'y mêlait autre chose. Un sentiment beaucoup plus fort que la rage. Elle jeta un coup d'œil furtif à sa bague, imaginant qu'elle serait d'un rouge vif reflétant sa fureur, et fut un peu surprise de voir qu'elle était d'un vert éclatant : la couleur de la jalousie. « Pourquoi suis-je jalouse de Lisa ? » se demanda-t-elle.

– De toute façon, personne ne passe tellement de temps avec toi, pas vrai ? murmura Lisa en partant vers l'autre bout de la pièce d'une démarche désinvolte.

Carrie perdit patience d'un coup. Elle bondit sur ses pieds, furibonde, et fit deux pas vers Lisa avant de se rendre compte de ce qu'elle faisait. L'autre sourit et Carrie, en comprenant qu'elle était contente d'avoir obtenu une réaction, s'arrêta.

– Peut-être que si tu faisais des efforts pour t'intégrer, au lieu de chercher à paraître tellement originale, tu aurais des amis, ajouta Lisa – de toute évidence, elle cherchait à la provoquer encore davantage. Et là, tu n'aurais plus besoin d'être jalouse des gens comme moi !

« C'est pour ça que je suis jalouse ? s'interrogea Carrie. Est-ce que je veux vraiment des amis comme Lisa ? » Elle fronça les sourcils et jeta un coup d'œil à sa bague. Elle était toujours verte, pour indiquer la jalousie, et scintillait dans la lumière comme l'œil d'un chat. Même si la bague semblait confirmer la remarque perfide de Lisa, Carrie ne supportait pas l'idée que cette fille puisse avoir raison.

– Tu devrais peut-être regarder les fringues que je porte, moi, disait Lisa avec arrogance. Ça te donnerait de bonnes idées.

Carrie se remit à bouillir de rage. Cette fois, elle se détourna rageusement et se dirigea vers la porte. Elle voulait s'éloigner le plus loin possible du regard intrusif et des réflexions vachardes de Lisa Jameson. En sortant de la pièce, elle les entendit, elle et ses copines, éclater de rire. La bague caméléon était toujours vert vif.

—

Carrie prit la télécommande de la télévision et appuya sur un bouton.

– C'est ça que tu nous as prévu pour la soirée ? demanda son père, amusé. Quatre heures de feuilletons et d'émissions de télé-réalité ?

– Non, papa, rectifia Carrie en portant un morceau de pizza à sa bouche. C'est seulement *trois* heures.

Ils rirent tous les deux et continuèrent à manger le dîner qu'ils s'étaient fait livrer. Carrie n'avait pas été aussi heureuse depuis longtemps. Son père avait été en congé toute la journée et il avait suffi qu'elle le voie en rentrant du collège pour retrouver sa bonne humeur. Quand il lui avait annoncé qu'il était libre toute la soirée et qu'ils pouvaient se commander une pizza, elle n'avait pas eu besoin de regarder sa bague caméléon pour en connaître la couleur ; elle savait qu'elle serait bleu clair, pour indiquer le bonheur.

– Maman a dit à quelle heure elle rentrerait ? s'enquit-elle.

– Non. Mais ce sera sans doute tard, vu qu'elle dîne avec des gens de sa boîte, ce soir.

– Et Mark est chez un copain, alors on n'a pas besoin de lui garder de la pizza, ajouta Carrie.

Son père s'esclaffa et prit une autre part.

– Il faut que j'en mange un peu avant que tu aies tout dévoré ! la taquina-t-il. Je me demande où tu mets tout ça. Tu dois avoir les jambes creuses.

Carrie tendit la main pour se resservir, puis s'immobilisa brusquement quand elle sentit une douleur glaciale à l'estomac, comme si elle avait reçu un coup de poing invisible. Elle se rappuya contre le dossier de sa chaise en espérant que ça allait passer.

– Ça va, Carrie ? la questionna son père, l'air soucieux.

– Oui. J'ai juste un peu froid, tout à coup.

Elle regarda distraitement l'écran du téléviseur en essayant de déterminer ce qui lui arrivait. Elle sentit le duvet de sa nuque se hérisser ; le froid qui lui avait saisi l'estomac gagnait désormais tout son corps. Elle déglutit avec peine, sans comprendre pourquoi elle se sentait si mal. Et pourquoi elle avait si *peur*.

Son père l'étudiait toujours avec inquiétude quand son portable sonna. Il hésita un instant, puis répondit.

– Allô ?

Carrie observa son expression pendant qu'il parlait.

– Quand ?... Dans quel coin ?

Elle vit son visage s'assombrir.

– Combien de victimes ? demanda-t-il avec autorité.

Il écouta attentivement, puis il hocha la tête.

– D'accord. Donne-moi cinq minutes.

Il referma son téléphone et se leva.

– Ça va aller, Carrie ? Je suis désolé, je dois partir.

Il se dirigeait déjà vers la porte.

– Il y a une maison en feu à l'autre bout de la ville. L'incendie est déchaîné et en train de se propager.

– Pas de problème, papa, je me débrouillerai très bien, répondit Carrie, un peu triste.

– Au moins, maintenant, tu vas pouvoir finir la pizza toute seule ! dit-il avec un sourire.

Carrie le suivit jusqu'à la porte et le regarda enfiler son manteau et ses chaussures, puis courir jusqu'à sa voiture.

– Sois prudent, papa ! lança-t-elle alors qu'il rejoignait la rue en marche arrière.

Il fit demi-tour d'un grand coup de volant et s'éloigna en trombe.

Elle resta là jusqu'à ce que les feux arrière de la voiture aient disparu au coin de la rue, puis ferma la porte et retourna dans le salon. Elle ne put s'empêcher de jeter un coup d'œil à sa bague. Elle était violette : la couleur de la peur.

Carrie ne fut pas surprise ; elle avait peur chaque fois que son père était appelé sur un gros incendie. L'imaginer lutter contre les flammes la rendait toujours nerveuse, mais, pour une raison inconnue, elle était encore plus angoissée aujourd'hui que d'habitude. C'était peut-être parce qu'elle avait ressenti une bouffée d'inquiétude avant même que le téléphone sonne. On aurait pu croire qu'elle avait su à l'avance qu'ils allaient recevoir une mauvaise nouvelle. Mais c'était insensé. Tout cela n'avait été qu'une coïncidence, rien de plus…

N'est-ce pas ?

Elle observa de nouveau sa bague et découvrit que la pierre avait encore changé de couleur : elle affichait désormais le brun terne de la confusion. Carrie sourit et secoua la tête, troublée par la précision avec laquelle la bague semblait refléter ses émotions. Elle considéra les parts de pizza qui restaient sur la table, mais elle n'avait plus faim. Il était trop tôt pour aller se coucher, alors elle se roula en boule sur le canapé et regarda la télévision.

La soirée sembla passer avec une lenteur terrible, mais Carrie était décidée à attendre le retour de son père. Elle avait un nœud dans l'estomac. Quelque chose la perturbait. Mais quoi ? Elle ne parvenait pas à mettre le doigt dessus. Un sentiment d'angoisse de plus en plus marqué. Carrie savait qu'elle ne pourrait pas se détendre tant que son père ne serait pas rentré sain et sauf, mais la télévision ne parvenait pas à la distraire des inquiétudes qui tourbillonnaient dans son esprit. Elle prit un magazine et le feuilleta, mais n'enregistra pas le contenu. Finalement, elle décida de voir si ses devoirs arriveraient à occuper ses pensées. Elle repêcha un de ses manuels dans son sac, mais le chapitre qu'elle avait à lire lui parut totalement incompréhensible. Après avoir lu la même page deux fois, Carrie préféra abandonner et se faire une tasse de thé.

À peine avait-elle quitté le canapé que le téléphone sonna. Elle se jeta dessus.

– Allô ? dit-elle nerveusement.

– Carrie, c'est papa.

Ce fut un énorme soulagement pour la jeune fille.

– Je me faisais du souci pour toi, papa.

Elle cala le combiné dans le creux de son cou pour pouvoir lever la main droite devant son visage. La bague caméléon affichait le beau bleu clair du bonheur.

– Je vais bien, ma chérie. Écoute, l'incendie sur lequel j'ai été appelé, c'était dans la maison de la famille Jameson. Tu vas au collège avec leur fille, n'est-ce pas ?

– Lisa. Oui. Pourquoi ?

Il y eut un instant de silence au bout du fil, puis son père se remit à parler. Il avait la voix sombre.

– L'incendie était déchaîné quand les premiers camions de pompiers sont arrivés. On pense que c'est une explosion de gaz qui l'a déclenché, ce qui expliquerait pourquoi il était si violent. La défla-gration s'est produite dans la cuisine et a secoué toute la maison. Elle a arraché tout l'étage, comme une bombe.

En l'écoutant, Carrie s'assit. Son cœur lui martelait violemment la cage thoracique.

– Les parents de Lisa sont tous les deux à l'hôpital, maintenant, poursuivit son père. Ils étaient au rez-de-chaussée quand c'est arrivé. Ils ont eu de la chance. Mais parmi ceux qui étaient en haut, on n'a pu sauver personne…

Carrie eut un peu la nausée ; son père continua d'une voix douce :

– Je suis désolé, ma chérie, mais je dois te le dire, parce que je sais que tu finiras par l'apprendre et je pense qu'il vaut mieux que tu l'apprennes par moi.

– Qu'est-ce qu'il y a, papa ? demanda Carrie dans

un souffle, même si elle savait déjà ce qu'il allait lui dire.

– Lisa Jameson est morte.

—

L'auditorium du collège était plein, le lendemain matin. Quand Carrie y entra d'un pas lent avec le reste de sa classe, l'ambiance grave lui indiqua que la nouvelle de la mort de Lisa Jameson s'était répandue rapidement parmi les élèves. Sur l'estrade, à l'autre bout de la salle, deux profs parlaient à voix basse. L'un des deux se tamponna les yeux avec un mouchoir. Même les élèves les plus jeunes, assis tout à l'avant, se taisaient.

Carrie s'installa à côté de Tess.

– C'est affreux pour Lisa Jameson, hein ? dit son amie.

Carrie hocha la tête.

– Je n'ai pas pu dormir, cette nuit, acquiesça-t-elle. Je sais qu'on ne s'entendait pas, Lisa et moi, mais je ne lui aurais jamais souhaité ça.

Elle se frotta le visage avec les deux mains, puis regarda l'estrade quand Mrs Collet, la principale du collège, se leva pour prendre la parole.

– Comme vous le savez sans doute tous, maintenant, commença-t-elle de sa voix la plus sombre, une terrible tragédie concernant une élève de ce collège, Lisa Jameson, ainsi que sa famille a eu lieu hier soir.

Carrie entendit des reniflements sur sa gauche et vit que Danielle Harrison, une amie de Lisa, pleurait doucement.

– Lisa était une fille très populaire, continua Mrs Collet. Gentille et attentionnée, travaillant dur et toujours prête à aider les autres.

Carrie secoua légèrement la tête en entendant cela. « Gentille et attentionnée » ? Pas la Lisa qu'elle avait connue.

– Elle faisait honneur à notre collège et à sa famille, et je sais qu'elle vous manquera à tous, poursuivit Mrs Collet. Alors j'aimerais que vous vous leviez. En signe de respect pour la famille Jameson, nous allons observer une minute de silence à la mémoire de Lisa.

Toute l'école se leva d'un seul mouvement.

Mrs Collet attendit que tout le monde soit debout, puis fit un signe de tête.

– Une minute de silence à partir de maintenant, dit-elle.

Carrie joignit les mains devant elle, mais, à cet instant, elle remarqua que la bague caméléon avait viré au bleu clair. Elle cligna des yeux, incrédule, et l'examina encore. Il n'y avait pas de doute, elle était bien bleu clair – la couleur du bonheur ! Carrie fronça les sourcils. Ce qui était arrivé à Lisa ne la rendait pas heureuse. Certes, elles n'étaient pas copines, mais jamais elle n'aurait souhaité sa mort.

Un silence total régnait dans l'auditorium, hormis quelques bruits de sanglots étouffés : plusieurs personnes pleuraient. Au même moment, Carrie sentit les coins de sa bouche se relever. Avec horreur, elle s'aperçut qu'un grand sourire radieux s'étirait irrépressiblement sur son visage. Elle baissa la tête pour que personne ne la voie, mais son sourire s'élargissait toujours.

Que lui arrivait-il ? Elle se mordit durement la lèvre inférieure pour réprimer cette expression, mais sentit alors un fou rire monter en elle, menaçant d'exploser tout fort. Oh, non !

Tess lui lança un regard de côté. De toute évidence, elle se demandait ce qui n'allait pas, mais Carrie ne put répondre à son regard perplexe que par un sourire.

Puis ce qui devait arriver arriva : elle éclata de rire. Le bruit jaillit d'elle, atrocement sonore dans le silence de l'auditorium. Tess lui donna un gros coup de coude dans les côtes. Plusieurs élèves se retournèrent – certains la fixaient avec surprise, d'autres avec colère ou perplexité. Carrie tenta désespérément de réprimer son fou rire, en vain.

– Tais-toi ! siffla quelqu'un à proximité.

Mais elle découvrit qu'il lui était impossible d'arrêter. Elle se plaqua une main sur la bouche pour essayer d'étouffer le bruit, mais ce fut inutile. Elle riait si fort qu'elle commençait à avoir mal au ventre.

Du coin de l'œil, elle vit un de ses profs, Mr Wainwright, marcher avec colère dans sa direction. Malgré tout, elle ne parvint pas à se calmer. Elle était secouée par un rire tonitruant qui résonnait dans toute la salle.

Elle sentit une main sur son bras. Riant toujours

comme une folle, elle fut traînée hors de sa rangée par Mr Wainwright, qui lui murmura dans l'oreille une réflexion énervée sur le manque de respect.

Des têtes se tournèrent vers elle tandis qu'elle se faisait pratiquement pousser dehors par la porte à double battant qui donnait sur le terrain de sport.

– Je n'ai jamais vu un comportement pareil, gronda Mr Wainwright dès qu'ils furent dehors. Tu devrais avoir honte !

La bouffée d'air glacé qui frappa Carrie quand elle fut sortie lui fit l'effet d'une douche froide et elle parvint enfin à maîtriser cet épouvantable fou rire. Elle resta immobile, à respirer profondément.

Elle voyait que nombre de ses camarades la regardaient toujours par les fenêtres de l'auditorium, l'air choqué et contrarié par son explosion de rire. Danielle Harrison, en larmes, la montrait du doigt avec rage. Quand Carrie leva une main pour écarter une mèche de cheveux de son visage, elle nota que la bague caméléon changeait rapidement de couleur, passant du bleu clair du bonheur au violet de la peur. Au même instant, elle se surprit à se demander si Danielle et les autres copines de Lisa Jameson, offensées, risquaient de lui tomber dessus. Elle en eut le tournis.

– Qu'est-ce qui t'a pris ? demanda Mr Wainwright, furieux.

– Je suis désolée. Je n'ai pas pu me retenir, monsieur, tenta d'expliquer Carrie.

– Lisa Jameson est morte hier soir et tout ce que tu trouves à faire, c'est rigoler, aboya son prof. Je suis étonné, Carrie. Je te croyais plus raisonnable.

– Monsieur, je n'y pouvais rien, insista Carrie.

– Tu vas me faire une semaine de retenue pour ce manque de respect inacceptable, compris ? siffla-t-il. Va dans la salle de retenue immédiatement. À mon avis, aucun de tes professeurs ne voudra te voir aujourd'hui après ce coup d'éclat. On t'apportera ton travail. Allez, vas-y tout de suite.

Carrie fut tentée d'essayer de s'expliquer davantage, mais se ravisa. Elle ne trouvait pas les mots justes, et elle savait bien que Mr Wainwright ne la croirait pas si elle lui disait que son fou rire l'avait effrayée elle-même.

– Et ne repasse pas par l'auditorium, ajouta-t-il.

Tu as suffisamment perturbé tout le monde pour aujourd'hui. Fais le tour et reprends l'entrée principale du collège. Peut-être que l'air frais va t'éclaircir les idées et t'aider à te rendre compte que ton comportement était stupide.

Carrie s'exécuta, suivant jusqu'à l'entrée principale le chemin qui contournait tout le collège. Elle commençait à s'en vouloir. Frustrée, elle entra et marcha droit vers la salle de retenue, dont elle claqua la porte derrière elle.

Elle s'assit à l'une des tables près du fond, toujours furieuse de s'être ainsi couverte de honte en public. Elle regarda sa bague, s'attendant à la voir rouge pour manifester la colère qu'elle ressentait.

Mais elle était rose. La couleur de l'optimisme !

« Qu'est-ce que j'ai comme raisons d'être optimiste ? se demanda-t-elle. Ma semaine de colle ? Le fait que tout le monde m'en veuille à mort d'avoir rigolé pendant la minute de silence ? La possibilité que la petite bande de Lisa Jameson me saute dessus ? » Elle examina la bague avec un sentiment de révolte. Ce n'était pas la bonne couleur. La bague se trompait. Ce n'était qu'un stupide machin en toc !

Dans sa rage, Carrie saisit la bague caméléon et tenta de l'arracher. Mais le bijou ne bougea pas d'un millimètre. Elle eut beau tirer dessus de toutes ses forces, il resta solidement vissé sur son index droit.

Cela ne fit qu'accroître sa rage. Le souffle court, elle songea : « C'est pas normal. Pourquoi elle ne s'enlève pas ? » Carrie, nerveuse, avait l'impression qu'il y avait une part d'elle-même qu'elle ne pouvait pas contrôler – celle qui avait rigolé contre son gré pendant le rassemblement général. Pendant une fraction de seconde, tout en sachant que c'était ridicule, Carrie pensa que la bague en était responsable.

Elle essaya encore de la retirer, mais, une fois de plus, la bague résista à ses efforts. Carrie déglutit et fronça les sourcils. Puis elle entendit des pas qui venaient vers la salle de retenue et, quelques instants après, Mrs Collet entra, l'air furieux.

Bien qu'elle sache qu'elle allait encore se faire réprimander, Carrie fut presque contente de voir la principale. L'engueulade et les heures de colle auraient au moins l'avantage de lui faire oublier un moment la bague caméléon. Et Carrie était décidée à s'en occuper une bonne fois pour toutes quand elle rentrerait chez elle.

—

– Tu es en retard ! lança la voix de sa mère lorsque Carrie entra dans la maison.

– Oui, je dois être drôlement en retard pour que tu soies arrivée avant moi ! plaisanta Carrie en la rejoignant dans la cuisine.

– Elle est en retard parce qu'elle a été collée, ricana Mark en levant les yeux de la table de la cuisine, où il était installé pour faire ses devoirs.

– Pourquoi ? demanda Mrs Peterson. Qu'est-ce qui s'est passé ?

– Je te le raconterai plus tard, dit Carrie.

Elle gagna directement l'évier et frotta du savon sur son index, puis étala la mousse glissante tout autour de la bague caméléon. La pierre était rouge, signe de colère. « Ça prouve qu'elle ne marche pas, pensa Carrie. Je ne suis pas en colère du tout. »

– Ma réunion s'est terminée tôt, reprit sa mère, alors j'ai décidé de rentrer à la maison et de préparer le dîner, pour changer.

Concentrée sur la bague, Carrie acquiesça distraitement. Elle se mit à tirer dessus. Son doigt était bien glissant grâce au savon, mais cet insupportable bijou resta vissé à sa place. Elle fronça les sourcils, agacée.

– Qu'est-ce que tu fais ? lui demanda sa mère, intriguée. Je peux t'aider ?

– Je vais me débrouiller, répondit Carrie sèchement.

Avec un soupir frustré, elle essuya sa main avec un torchon et gagna la table où Mark était assis.

Sans hésiter, elle planta le doigt dans le beurre et étala la graisse jaune dessus, en prenant soin d'en faire passer sous la bague.

– C'est dégoûtant, dit son frère en la regardant faire.

– Carrie, qu'est-ce que tu fabriques ? voulut savoir Mrs Peterson.

– J'essaie de retirer cette stupide bague, répondit Carrie, mais elle refuse de bouger.

– Tu veux que j'essaie ?

– Je t'ai dit que j'allais me débrouiller ! lâcha Carrie, excédée – mais la bague resta sur son doigt comme si elle y était soudée.

La jeune fille essuya le beurre sur le torchon et gagna le congélateur, qu'elle ouvrit brutalement.

– Qu'est-ce que tu vas encore inventer, maintenant ? dit Mark, amusé.

– Si mon doigt refroidit, il va rétrécir, expliqua Carrie. Ensuite, je pourrai enlever la bague.

– C'est stupide, commenta sa mère. Referme le congélateur.

– Pas avant d'avoir enlevé la bague, répliqua Carrie sur un ton de défi. Il faut que je l'enlève. Il le *faut.*

– Carrie, la nourriture qui est dedans va s'abîmer, si tu continues. Ferme la porte, s'il te plaît.

– En plus, ta main risque d'attraper des engelures et de se détacher, la taquina Mark.

– Carrie, bon sang, referme le congélateur ! insista sa mère.

Carrie retira sa main et claqua la porte, très énervée.

– Je ne cherche pas à faire l'imbécile, grommela-t-elle. Je veux juste me débarrasser de cette bague.

Elle était furieuse – pourquoi sa famille ne pouvait-elle pas comprendre à quel point c'était important pour elle d'enlever cette bague ? Elle était prise au piège, comme une bête en cage – sauf qu'il n'y avait pas de cage, juste un petit anneau de métal autour de son doigt. Un petit anneau de métal qui refusait de s'en aller.

Elle regarda frénétiquement autour d'elle pour voir s'il y avait autre chose qu'elle pouvait utiliser pour se libérer de l'anneau. Son regard tomba sur le vase en porcelaine de sa mère, posé sur le réfrigérateur.

– Franchement, Carrie, dit Mrs Peterson. Je ne vois pas pourquoi tu en fais toute une histoire. C'est juste une bague !

Carrie aurait voulu hurler. Au lieu de cela, elle s'empara du vase.

– Et ça, c'est juste un bibelot ! hurla-t-elle – et elle le jeta à travers la pièce.

Il heurta le mur du fond et se brisa en morceaux avec un énorme « CRAAAC ». Le silence qui suivit parut assourdissant.

– C'était mon vase préféré, dit calmement sa mère. Pourquoi tu as fait ça ?

Carrie se sentait déjà coupable. Sa colère avait disparu aussi vite qu'elle était apparue. Elle aurait voulu s'expliquer, mais elle ne se comprenait pas elle-même. Mille pensées contradictoires tourbillonnaient dans son esprit et elle avait le tournis. Que lui arrivait-il ?

Elle regarda les visages horrifiés de sa mère et de son frère.

– Maman… commença-t-elle, avec l'impression d'être vidée de toute énergie.

– Nettoie ce bazar, s'il te plaît, la coupa sa mère d'une voix un peu triste. Ensuite, je pense que tu devrais monter dans ta chambre et réfléchir à ce que tu as fait. Tout ce cinéma juste parce que tu n'arrives pas à retirer une bague de ton doigt… Tu te comportes comme une gamine capricieuse !

– Je n'ai pas pu me retenir, marmonna piteusement Carrie. Je ne sais pas ce qui m'arrive. Je n'avais jamais eu de sautes d'humeur pareilles, avant.

Sa mère se contenta d'acquiescer et continua de s'occuper du dîner.

Carrie gagna l'autre bout de la pièce, où les fragments du vase brisé gisaient éparpillés par terre. Elle se baissa lentement pour ramasser le premier morceau.

En tendant la main, elle vit que la bague caméléon avait encore changé de couleur. Elle était jaune, à présent. La couleur de la maladie. D'instinct, Carrie porta la main à son front, mais elle ne semblait pas fiévreuse. Elle n'était pas malade. Enfin, elle ne le pensait pas, du moins ; pourtant, en ramenant sa main tremblante, elle vit que sa peau était couverte d'un voile de transpiration.

Elle se sentit faible, tout à coup, et elle eut l'impression que chaque muscle de son corps était douloureux. Sa bouche s'emplit de bile et elle s'aperçut qu'elle était sur le point de vomir. Elle se redressa d'un bond et courut dans les toilettes du rez-de-chaussée.

Elle y arriva juste à temps et vomit dans la cuvette. Haletante, elle se releva, mais son estomac parut aussitôt se contracter comme un poing qui se serre, et elle fut de nouveau malade. La tête en ébullition, elle s'essuya la bouche du revers de la main. De la sueur coulait à flots sur son visage, et pourtant, elle se sentait gelée.

– Carrie, dit sa mère en apparaissant à la porte, l'air soucieux.

Sa fille la regarda, incapable de prononcer un mot.

– Viens, reprit sa mère avec douceur en essayant de l'aider à se remettre debout. Je n'avais pas compris que tu étais malade. Monte te coucher.

Carrie la repoussa d'un geste.

– Je vais y arriver toute seule, maman, merci, haleta-t-elle, soulagée que ses vomissements aient pris fin.

– Va te reposer, insista sa mère. Je vais t'apporter une tasse de thé dans une minute.

– J'ai juste besoin de m'allonger un moment, répondit Carrie. Je descendrai quand je me sentirai mieux.

Elle tendit la main pour s'appuyer sur le lavabo et vit que la bague était bleu clair : elle indiquait le bonheur !

« Oh, mon Dieu ! » pensa Carrie. En cet instant, elle se demandait si elle connaîtrait jamais à nouveau le bonheur.

—

Elle monta lentement l'escalier, consciente que sa mère était toujours dans le couloir en train de l'observer. Quand elle arriva à mi-chemin, les coins de sa bouche se relevèrent, comme ce matin au collège, et elle sentit un sourire s'étirer sur son visage. Elle courut aussitôt dans sa chambre et ferma la porte derrière elle pour éviter que sa mère ne la voie.

Elle sauta sur son lit et s'enfouit la figure dans l'oreiller pour étouffer le rire qui commençait à lui échapper… et qu'elle ne pouvait pas maîtriser.

Pendant plusieurs minutes, elle resta allongée ainsi, hilare, jusqu'à ce que son fou rire hystérique s'apaise enfin. Elle se redressa et regarda la bague. Il y avait d'abord eu cet incident lors du rassemblement général du collège, ce matin, puis l'éclat de rage dans la cuisine, suivi de vomissements et, à présent, d'un nouveau fou rire incontrôlable.

« N'y pense même pas. C'est impossible. Délirant ! », se dit Carrie. Mais si délirant que cela puisse paraître, elle ne voyait qu'une seule explication possible. La bague avait affiché la bonne couleur juste avant chacun de ces incidents. Au lieu de refléter ses états d'âme, est-ce qu'elle les contrôlait ?

Carrie secoua la tête. Elle tenait à rejeter cette idée ridicule. Mais sinon, comment expliquer ce qui s'était passé ? Assise sur son lit, elle observa le bijou. Puis elle prit son portable et composa le numéro de sa cousine Amy.

– Je t'en supplie, Amy, réponds… souffla-t-elle entre ses dents pendant que ça sonnait.

– Allô ?

– Amy, c'est moi, commença Carrie. J'ai quelque chose à te dire. Je sais que ça va te paraître insensé, mais écoute-moi, s'il te plaît.

Quand elle eut terminé de lui raconter tout ce qui était arrivé depuis qu'elle avait trouvé la bague caméléon, il y eut un grand silence à l'autre bout.

– Amy, tu es toujours là ? demanda-t-elle avec angoisse.

– Oui, j'essaie juste de comprendre ce qui se passe, répondit sa cousine. Tu penses donc que la bague, au lieu de refléter tes états d'âme, les suscite, c'est ça ? Tu penses qu'elle a ce pouvoir sur toi ?

– Je sais que ça paraît dément, mais je ne vois pas quoi penser d'autre.

– Elle était vendue avec un magazine que tu as

acheté pour dix pence, Carrie. Comment pourrait-elle avoir un pouvoir pareil ?

– Je savais bien que tu ne me croirais pas, soupira Carrie.

– Je n'ai pas dit ça. Je trouve juste que c'est un peu... tiré par les cheveux, c'est tout.

– Moi aussi, mais je ne sais pas comment expliquer autrement ce qui me prend. Et, comme je te l'ai dit, je n'arrive pas à la retirer, cette fichue bague !

– Peut-être que la meilleure personne à questionner serait la vieille dame qui tenait le stand où tu as acheté le magazine, suggéra Amy.

– Mais elle ne sait même pas que j'ai la bague, lui rappela Carrie.

– Eh bien, va au marché et dis-le-lui. Parle avec elle. Elle saura peut-être quelque chose à ce sujet.

– Tu penses que je suis dingue, Amy, non ? demanda Carrie.

– Non. Je pense que tu as peur et que tu es un peu perdue. Va parler à la vieille dame. Le marché est ouvert, aujourd'hui. Je parie qu'elle y sera. Rappelle-moi quand tu l'auras vue.

Carrie inspira profondément.

– Merci, Amy.

Et elle raccrocha.

Elle enfila une veste et quitta prudemment sa chambre. Elle entendait des bruits de voix qui venaient de la cuisine et elle savait que si elle voulait se rendre au parc, elle devrait quitter la maison en cachette. Sa mère ne la laisserait jamais sortir alors qu'elle était malade.

Carrie descendit discrètement l'escalier, s'arrêta au pied des marches, puis gagna la porte d'entrée sur la pointe des pieds. Elle se glissa dehors et ferma la porte le plus doucement possible derrière elle, puis partit en courant dans la rue. Aussitôt, elle se sentit un peu mieux. Si la bague dictait ses humeurs, il valait mieux qu'elle s'éloigne de sa famille. Elle redoutait ce qu'elle pourrait faire si la bague la remettait en colère.

Elle accéléra l'allure, sachant que le marché allait bientôt fermer. Elle ne voulait pas rater la vieille dame qui lui avait vendu le magazine. En courant, elle sentit que son index l'élançait, comme si l'étau que formait la bague se resserrait.

La jeune fille continua de courir, traversant la rue à toute allure sans vérifier qu'il n'y avait pas de voitures. Elle fut prise de frissons et se demanda, pendant un instant d'horreur, si elle allait encore vomir. Elle jeta un coup d'œil à la bague. Le bijou était en train de passer rapidement du jaune au marron. Aussitôt, Carrie sentit la confusion lui envahir l'esprit et, pendant quelques secondes, elle ne se rappela plus le chemin pour rejoindre le parc. Elle s'arrêta en dérapant au coin d'une rue et regarda autour d'elle, déroutée. Ce sentiment se dissipa quand la bague vira au bleu clair, et la jeune fille se remit en route.

Des petits enfants jouaient de l'autre côté de la rue et elle en vit un tomber lourdement sur le trottoir. Il se mit à pleurer pendant que ses amis se rassemblaient autour de lui, mais Carrie, à ce spectacle, ne put que rire tout haut.

Enfin, elle atteignit le parc et franchit le portail en trombe. Le marché était encore ouvert, alors elle courut vers l'emplacement du stand où elle avait acheté le magazine. Mais elle ne vit aucun signe de la vieille dame. Elle balaya frénétiquement les alentours du regard, puis se précipita vers le stand d'en face. Un homme y vendait des vêtements d'occasion. Il remballait.

– Excusez-moi, dit Carrie. Est-ce que la dame qui tient le stand de livres et de magazines était là aujourd'hui ?

L'homme haussa les épaules et resta évasif :

– Je suppose.

– Vous avez dû la voir, insista Carrie d'un ton sec.

– Qu'est-ce que tu veux dire ?

– Elle est âgée. Elle tient un stand de livres d'occasion et de vieilles revues.

– Il y a plusieurs stands comme ça, répliqua-t-il.

Décidément, il ne l'aidait pas.

– Elle parle de Lily Quatre-Doigts, intervint l'homme du stand voisin, qui vendait des jeux de société.

Il se tourna vers Carrie.

– Pas vrai, ma jolie ?

– C'est comme ça qu'elle s'appelle ? demanda la jeune fille.

Il acquiesça.

– Elle vient ici depuis des années. Depuis plus longtemps que moi, je pense.

– Vous savez où elle est ? demanda encore Carrie d'un ton suppliant. Il faut que je lui parle.

– Tu viens de la rater. Elle a fini de remballer il y a environ cinq minutes.

– Dans quel sens elle est partie ? le questionna Carrie avec impatience. Je vous en prie, dites-le-moi.

L'homme désigna l'autre entrée d'un mouvement du menton.

Carrie s'apprêtait à se détourner pour partir en courant dans cette direction, quand quelque chose lui revint subitement en tête.

– Pourquoi on l'appelle comme ça ? Lily Quatre-Doigts ?

– Parce qu'il lui manque un doigt, ma jolie, répondit le vendeur de jeux. Qu'est-ce que tu crois ?

Carrie partit le plus vite possible. Elle fouilla des yeux les sentiers du parc et repéra soudain une silhouette qui poussait un chariot de supermarché rempli de cartons. Elle s'élança à la suite de la vieille dame et la rattrapa enfin.

– Il faut que je vous parle ! lança-t-elle, haletante.

– C'est à quel sujet ? demanda la vieille dame sans cesser de pousser son chariot.

– À propos de ça, dit Carrie en levant l'index de sa main droite et en le brandissant devant elle comme une arme.

– Tu as dit que tu la voulais, mais j'ai refusé de te la céder ! s'exclama la dame en s'arrêtant, surprise. Où l'as-tu trouvée ?

– Par terre, lui expliqua Carrie. Mais vous saviez tout dessus, hein ? C'est pour ça que vous ne vouliez pas me la donner.

– Ah, les filles ! Elles ne peuvent jamais résister à un joli bijou. J'étais pareille, à ton âge, commenta la vieille dame en secouant la tête.

Soudain, elle se tourna face à Carrie, sortit sa main droite de la poche de son manteau et la tendit devant la jeune fille.

Carrie ouvrit de grands yeux. La vieille dame avait perdu l'index droit. Il n'y avait guère plus qu'un moignon à l'endroit où le doigt aurait dû se trouver.

– J'étais comme toi, reprit la femme. J'ai vu une

bague caméléon, je la voulais et je l'ai eue. Avec d'autres choses dont je ne voulais pas. C'est pour ça que j'ai décidé de m'en débarrasser.

– Le problème, c'est que la bague ne voulait pas s'en aller...

Lili Quatre-Doigts fourra son moignon sous le nez de Carrie.

– C'était le seul moyen de me débarrasser de la bague. Et si tu es un tant soit peu raisonnable, tu feras pareil. Avant qu'il soit trop tard, conclut-elle en repartant avec son chariot.

– Qu'est-ce que vous entendez par « avant qu'il soit trop tard » ? lança Carrie dans son dos.

– Tu le sais déjà, jeta la vieille dame par-dessus son épaule. Tu sais ce qu'il faut faire.

Carrie, de nouveau seule, la regarda s'éloigner. Prise d'un malaise, elle crut un moment qu'elle allait s'évanouir, mais la sensation se dissipa et la jeune fille reprit la direction de chez elle. Elle alla un peu plus lentement, cette fois, ne sachant pas trop ce qu'elle pourrait dire quand elle rentrerait. Comment expliquer à ses parents ce qu'elle venait d'apprendre ? Ils ne la croiraient jamais, au sujet de la bague.

Pendant qu'elle marchait, les paroles de Lily résonnaient dans sa tête : *Tu sais ce qu'il faut faire…*

—

– Où étais-tu ? Je te croyais malade. Tu étais censée te reposer dans ta chambre ! gronda Mrs Peterson quand Carrie entra dans la maison.

La jeune fille fondit en larmes. Cela arriva si brusquement qu'elle en fut étonnée elle-même. Elle courut vers sa mère, lui jeta les bras autour de la taille et se blottit contre elle.

– Qu'est-ce qui ne va pas, chérie ?

– Il faut que j'enlève cette bague, maman, sanglota Carrie en brandissant l'index de sa main droite.

– Je te comprends, c'est un bijou vulgaire, déclara Mrs Peterson.

– Non, tu n'y es pas. Elle me fait des choses. Elle me fait éprouver des sentiments que je ne veux pas éprouver. Adopter des comportements que je ne veux pas adopter.

– Ne dis pas de bêtises, chérie. C'est juste une bague, rétorqua sa mère avec fermeté.

– Aide-moi à la retirer. S'il te plaît ! cria Carrie. Elle a quelque chose de malsain.

Mrs Peterson secoua la tête.

– Tu fais un tel cinéma, parfois... dit-elle en lui caressant les cheveux. Mais viens, si je peux t'aider à enlever cette bague idiote, je vais le faire.

Elle entraîna sa fille dans la cuisine. À cet instant, le téléphone se mit à sonner dans le salon. Mrs Peterson serra Carrie dans ses bras, puis partit répondre.

Tu sais ce qu'il faut faire.

Carrie entendait la voix de la vieille dame dans sa tête.

Avant qu'il soit trop tard.

Toujours en larmes, elle observa le bijou maudit. Il était jaune, signe de maladie. Carrie sentit une douleur fulgurante lui cisailler l'estomac. Elle regarda frénétiquement autour d'elle, cherchant quelque chose pour l'aider à retirer la bague. Ne voyant rien qu'elle n'ait pas déjà tenté, elle la saisit et la fit tourner sur son doigt, essayant désespérément de l'enlever.

Elle parvint à la remonter jusqu'à l'articulation en la tortillant et en tirant dessus comme une folle, au point d'avoir la peau rouge et douloureuse. Elle continua de s'échiner dessus malgré la douleur, mais la bague refusa d'aller plus loin. Carrie essaya encore une fois. Le bord du bijou lui entailla carrément la chair, et du sang se mit à couler sur son doigt.

Tu sais ce qu'il faut faire.

Carrie ouvrit en pleurant le tiroir de la cuisine et s'empara du couteau le plus grand et le plus tranchant. C'était la seule solution, mais la jeune fille était terrifiée. La bague était d'un violet lumineux.

En refoulant ses larmes, Carrie posa l'index droit sur le bord de l'évier et serra fermement le couteau dans sa main gauche. Puis elle posa le fil acéré de la lame contre son index, juste en dessous de la bague.

« Fais-le. Coupe le doigt et débarrasse-toi de la bague ! » s'exhorta-t-elle. Elle serra les dents, mais elle tremblait si fort qu'elle avait du mal à garder prise sur le couteau.

La bague caméléon était toujours violette.

Carrie inspira profondément et s'arma de courage. Elle appuya un peu plus fort sur la lame. Allait-elle s'évanouir avant d'avoir pu se couper le doigt ?

« Fais-le ! Avant qu'il soit trop tard ! » se dit-elle, et elle se prépara à appuyer de tout son poids sur le couteau.

– NOOON ! hurla Mrs Peterson en se jetant sur elle.

Le couteau lui échappa des mains.

– Qu'est-ce que tu fabriques ? lui demanda sa mère d'une voix stridente.

Le couteau dérapa sur le plancher et Carrie courut après, tentant de le récupérer et de se trancher le doigt avant que sa mère puisse l'en empêcher.

Mais Mrs Peterson aussi se jeta sur le couteau.

– Carrie ! cria-t-elle. Arrête !

Et elle la poussa durement pour l'éloigner de la lame.

Carrie tomba à la renverse en agitant les bras. Sa tête heurta brutalement le mur de la cuisine. Pendant un instant, elle eut mal. Puis ce fut le noir complet.

—

La lumière était aveuglante. Si blanche et si vive que Carrie eut du mal à ouvrir les yeux. Quand elle y arriva enfin, elle vit que les murs de la pièce où elle se trouvait étaient du même blanc éclatant. De même que les draps et la longue chemise de nuit qu'elle portait. Elle sortit vivement du lit et fit deux pas pour traverser la pièce.

Elle s'efforça de se remémorer ce qui s'était passé. Dans son esprit, elle revit la lutte avec sa mère dans la cuisine. Et le couteau.

Les souvenirs revenaient à flots. Elle regarda sa main droite. La bague était toujours à son index. Elle était bleu clair. Bonheur.

Carrie sentit son visage se fendre dans un sourire, mais c'était un mouvement sur lequel elle n'avait absolument aucun contrôle. Elle n'était pas heureuse, loin de là, et pourtant, ce sourire refusait de s'estomper. Il ne disparut même pas quand elle marcha jusqu'à la porte en métal froid et tira sur la poignée, pour découvrir qu'on ne pouvait pas l'ouvrir. Elle était fermée à clé.

Une petite ouverture qui ressemblait à une boîte à lettres vitrée était ménagée dans la porte. Carrie jeta un coup d'œil par la fente, puis recula vivement tandis que des gens s'approchaient et déverrouillaient la porte.

Elle ne connaissait pas l'homme en blouse blanche qui entra le premier. Les parents de Carrie le suivirent dans la pièce. Ils avaient l'air inquiets et malheureux. La jeune fille aurait voulu courir vers eux, mais elle ne bougea pas.

– Carrie, dit le médecin d'une voix douce.

Elle se mit à rire. Un rire aigu, frénétique, qu'elle ne put réprimer.

– C'est la même chose chaque fois qu'on lui parle, expliqua le médecin à ses parents. On n'arrive pas à en tirer un seul mot. Elle est comme ça depuis son admission à l'hôpital. Je travaille en psychiatrie depuis douze ans maintenant, et je n'avais jamais vu un cas semblable.

Carrie ouvrit la bouche pour réagir, agacée que cet homme parle d'elle comme si elle n'était pas là. Elle voulait dire à ses parents qu'elle les aimait. Elle voulait qu'ils l'emmènent, loin de cet étrange endroit blanc. Mais elle fut incapable de prononcer un mot. Elle ne put que rire, et ce bruit infernal résonna entre les quatre murs, railleur et méprisant. Le seul bruit qu'elle puisse émettre. Le seul bruit qu'elle entendrait jamais. Jusqu'à la fin de ses jours.

SAGES
COMME DES
IMAGES

– Vas-y, Brandon, continue à grimper, tu y es presque ! l'encouragea son frère, Jake, d'en bas.

Avec un dernier effort, Brandon Taylor se hissa au sommet du haut mur de pierre et s'assit à califourchon dessus. Il jeta un regard triomphant à Jake.

Son jumeau, les mains sur les hanches, avait les yeux levés vers lui.

– Allez, à toi ! lui lança Brandon. Viens, lambin !

Il regarda Jake prendre l'échelle et la caler contre le mur en vérifiant qu'elle était bien stable avant de monter à son tour.

– Pourquoi je n'aurais pas pu utiliser l'échelle, moi aussi ? demanda Brandon tandis que son frère arrivait en haut du mur.

– Tu as dit que tu pouvais l'escalader tout seul, lui rappela Jake en passant une jambe de l'autre côté pour s'asseoir, à son tour, à califourchon sur la pierre froide. Et puis moi, je porte la peinture et les pinceaux !

Il posa un pot d'émulsion noire et deux grands pinceaux sur le mur, entre eux.

Brandon observa le jardin qui s'étendait derrière le mur.

– Pas étonnant que grand-tante Lucy ne veuille pas qu'on voie ça, commenta-t-il d'un ton songeur en contemplant la vaste jungle désordonnée. Visiblement, elle n'a pas fait de jardinage depuis des années !

Jake, qui étudiait lui aussi le domaine, l'approuva.

Brandon jeta un coup d'œil au pied du mur. En contrebas, plusieurs arbustes de lilas démesurés emmêlaient leurs branches comme des pieuvres en train de se battre. Du lierre recouvrait les pierres sur lesquelles les garçons étaient assis, et s'y agrippait comme des doigts vigoureux. Brandon en secoua une branche pour voir. Elle était solide et résistante, nota-t-il avec satisfaction. Elle pourrait être utile pour la descente.

Derrière les lilas et les parterres de fleurs livrés à eux-mêmes, une grande étendue d'herbe haute s'étirait vers une rangée de saules et de peupliers qui cachaient le fond du jardin depuis la maison.

On apercevait celle-ci à travers le feuillage des arbres. C'était une immense demeure de style Tudor qui paraissait à peine mieux entretenue que le jardin qui l'entourait. La peinture des façades s'écaillait sérieusement, il manquait des tuiles au toit, et sur le toit de chaume de la remise bâtie à côté, plusieurs tiges se dressaient comme des cheveux mal coiffés.

– Pas la peine de se demander pourquoi personne ne vient jamais ici, dit Brandon. Décidant d'oublier le lierre et de se servir de l'échelle pour descendre, il récupéra cette dernière de l'autre côté du mur, la hissa par-dessus et la reposa dans le jardin.

– La maison a l'air en aussi mauvais état que le domaine.

– Mais ce n'est pas pour ça que les gens ne viennent pas ici, souligna Jake. C'est à cause de grand-tante Lucy. Les gamins du village ont peur d'elle.

– Ça ne me surprend pas. C'est une odieuse vieille bique.

– En plus, elle est malpolie.

– Et méchante !

– Dommage que ce soit notre grand-tante, soupira Jake.

– Peut-être que si elle passait plus de temps à parler avec les gens, au lieu de regarder dans son télescope tous les soirs, il y aurait plus de monde qui viendrait lui rendre visite, dit Brandon en commençant à descendre l'échelle.

– Quand on aura fini, elle ne passera plus beaucoup de temps à regarder par cette fenêtre.

– À moins qu'elle n'ait des yeux à rayons X et qu'elle ne voie à travers la peinture qu'on va mettre sur la vitre ! ajouta Brandon en gloussant.

– Il paraît qu'elle n'a pas toujours été aussi bizarre qu'elle l'est maintenant. Elle est juste devenue… folle après la disparition de sa sœur jumelle, il y a des années.

– Sa sœur est partie où ?

– Personne ne le sait, idiot. Si on le savait, elle ne serait plus portée disparue ! répondit Jake en riant.

Brandon, bien obligé de l'admettre, sourit.

– Hé, tu sais quoi ? Elle a dû en avoir marre de grand-tante Lucy et faire une fugue ! dit-il en sautant de l'échelle et en atterrissant dans les herbes enchevêtrées.

– Tiens, prends la peinture, fit Jake.

Il se pencha et lança soigneusement le pot à son frère.

Brandon l'attrapa, puis regarda Jake glisser les deux pinceaux dans la poche arrière de son jean et descendre rapidement les échelons pour le rejoindre.

Jake portant l'échelle et Brandon la peinture, les deux garçons s'avancèrent dans l'herbe en direction de la rangée d'arbres. Une fois là-bas, ils s'arrêtèrent pour vérifier que la voie était libre. La maison était tout près, désormais – au bout d'une autre pelouse qui n'avait pas été tondue, derrière une allée de gravier envahie de mauvaises herbes.

Brandon s'assura qu'il n'y avait pas trace de sa grand-tante, puis partit le premier vers le bâtiment. Il passa devant une mare dont la surface était couverte d'une épaisse matière gluante et verte. Elle était entourée de plusieurs statues et Brandon ne put s'empêcher de remarquer que l'une d'entre elles n'avait plus de tête.

Il s'arrêta derrière un gros buisson d'hortensias qui poussait près de la maison.

Jake faillit lui rentrer dedans.

– Alors ? C'est dans quelle pièce qu'il y a le télescope ? demanda-t-il en examinant la demeure depuis leur abri.

– Chuuut ! fit Brandon. Parle tout bas, sinon elle va nous entendre.

Il désigna l'une des fenêtres du premier étage.

– Elle garde le télescope dans cette pièce-là, je crois. Mais on fera les fenêtres d'une ou deux autres pièces aussi pour être tranquilles.

Il s'esclaffa.

– Elle va trouver qu'il fait drôlement sombre, ce soir, quand elle regardera dans son télescope ! Je me demande combien de temps il lui faudra pour se rendre compte que ses fenêtres sont recouvertes de peinture noire !

Jake gloussa et dévissa le couvercle du pot de peinture pendant que Brandon calait l'échelle contre le mur.

Brandon prit la peinture et un pinceau à son frère, puis escalada l'échelle. Il jeta un coup d'œil prudent par la fenêtre pour s'assurer que grand-tante Lucy n'était pas justement dans cette pièce, puis trempa le pinceau dans la peinture noire.

– Vas-y ! l'exhorta Jake avec impatience. Je ferai la suivante.

Brandon s'apprêtait à poser le pinceau sur la vitre, quand un aboiement sonore faillit le faire tomber de l'échelle.

– Oh, non, j'avais oublié Michel-Ange ! souffla Jake quand un petit épagneul marron et blanc fonça sur lui en aboyant et en grondant.

Le garçon grimpa vivement l'échelle derrière son frère.

– Qu'est-ce que tu fais ? demanda Brandon d'un ton impérieux. Descends !

– Je ne veux pas me faire mordre ! expliqua Jake en restant où il était.

– Grand-tante Lucy a plus de dents que ce chien. Va le caresser, tout simplement, calme-le, sinon elle risque de l'entendre aboyer.

– Tu n'as qu'à le calmer toi-même, protesta Jake, indigné, en fixant le petit chien qui aboyait toujours avec excitation devant eux, en remuant frénétiquement la queue.

– Oh, allez, bouge-toi ! s'énerva Brandon. On ne peut pas rester ici toute la journée. Regarde, il t'aime bien, il remue la queue.

Lentement, Jake descendit de l'échelle.

– Bon chien, Michel-Ange, dit-il nerveusement.

L'animal cessa d'aboyer et lui bondit dessus avec enthousiasme. Jake le tapota doucement sur la tête ; Michel-Ange, surexcité, sautilla autour de ses jambes et se cogna contre le pied de l'échelle.

L'échelle bougea. Brandon, qui se mit à vaciller dangereusement, lâcha un cri de surprise et d'effroi.

– Je vais tomber !

Jake essaya d'éloigner Michel-Ange de l'échelle, mais le petit chien rentra de nouveau dedans. Cette fois, Brandon s'accrocha au rebord de la fenêtre pour garder l'équilibre et lâcha le pot de peinture.

Il tomba par terre avec un bruit sourd. De la peinture noire jaillit dans tous les sens – sur le sol de la terrasse, pour l'essentiel, mais aussi sur le mur de la maison. Plusieurs épaisses gouttes noires atterrirent sur Michel-Ange, qui poussa un petit cri aigu et s'enfuit de l'autre côté de la bâtisse avec des jappements plaintifs.

– Aïe, aïe, aïe ! dit Jake en regardant la flaque de peinture qui s'étalait. Filons d'ici. Vite !

Brandon lâcha le pinceau et descendit l'échelle aussi vite qu'il put, en sautant les trois derniers barreaux. À peine eut-il touché le sol qu'il entendit une voix furibonde fendre l'air tiède de l'été.

– Qu'est-ce que vous faites ?

Grand-tante Lucy était apparue à l'angle de la maison, et brandissait le poing avec colère à l'intention des garçons. Pour une vieille dame, elle se déplaçait à une vitesse étonnante.

– Courons ! cria Brandon en s'élançant vers l'avant de la maison pour échapper à sa grand-tante, Jake sur les talons.

– Comment osez-vous ? tonna grand-tante Lucy en poursuivant les garçons alors qu'ils filaient dans la longue allée de gravier, puis escaladaient le portail, affolés. Vous ne vous en tirerez pas comme ça, vous savez !

Mais Brandon ne s'arrêta pas. En jetant un coup d'œil par-dessus son épaule, il vit que sa grand-tante avait abandonné la poursuite. Elle s'était immobilisée devant la maison, Michel-Ange sautillant autour de ses chevilles avec des jappements excités.

– Vous allez le regretter ! hurla-t-elle, furieuse.

—

– Je n'arrive pas à croire que vous ayez pu faire quelque chose d'aussi stupide ! gronda Mr Taylor.

Brandon ne savait pas quoi dire. Il voyait bien, à la façon dont son père allait et venait, qu'il n'était pas content. Il jeta un coup d'œil plein d'espoir à son frère, qui traînait derrière eux. Jake haussa les épaules. De toute évidence, il n'avait pas d'idée géniale ni d'excuse idéale, lui non plus.

– Tout de même, vous avez treize ans, continua leur père. Vous n'êtes plus des gamins.

– Papa, on voulait juste lui faire une petite blague, dit Jake, penaud.

– Une blague ? s'énerva son père. Saccager la maison de votre grand-tante, vous croyez que c'est drôle ?

– On ne l'a pas saccagée, papa, répliqua Brandon. On allait juste peindre une ou deux fenêtres pour rigoler…

– Je sais ce que vous vouliez faire. Votre grand-tante m'a dit qu'elle avait trouvé de la peinture étalée partout sur la terrasse.

– On est désolés, papa, marmonnèrent en chœur les deux garçons.

– Eh bien, cette fois, ça ne suffira pas, dit Mr Taylor. Je sais que vous êtes capables de faire des bêtises sans le vouloir, tous les deux, mais ça, c'est vraiment une honte ! Vous vous êtes introduits sans autorisation dans la propriété de votre grand-tante. Vous alliez peindre sur ses vitres. Et comme si ça ne suffisait pas, vous auriez pu vous blesser. Vous avez de la chance qu'aucun de vous ne soit tombé de cette échelle ! Ce que vous avez fait était dangereux, irresponsable et tout simplement stupide. Comment avez-vous pu imaginer que vous pourriez vous en tirer impunément ? Vous croyiez que votre grand-tante ne vous reconnaîtrait pas ? Elle m'a téléphoné dès que vous vous êtes enfuis.

– Sans le chien… commença Brandon.

– ... vous auriez peint ses vitres ! l'interrompit Mr Taylor. Vous auriez fait votre petite blague et vous n'auriez pas été punis ! Mais avez-vous pensé une seconde à ce que votre grand-tante aurait éprouvé si vous aviez réussi votre petite farce ? À part son chien, elle est toute seule dans cette grande maison, sans personne à qui parler. C'est juste une vieille dame solitaire qui est malheureuse depuis que sa sœur a disparu, quand elles avaient toutes les deux dix ans. C'était il y a cinquante-cinq ans.

Mr Taylor soupira. Ils traversaient la route qui sortait du village et menait chez grand-tante Lucy.

– Enfin, je vais laisser votre grand-tante décider de ce que vous pouvez faire pour vous racheter. Si j'étais à sa place, je vous ferais nettoyer toute la maison de la cave au grenier.

Jake grogna.

– Il y en aurait pour une éternité, papa ! Je pense que cette baraque n'a pas vu de balai depuis au moins dix ans !

– C'est parce que votre grand-tante ne peut plus trop se déplacer, maintenant, répliqua Mr Taylor.

– Elle se déplaçait plutôt vite quand elle a déboulé de chez elle pour nous courir après ! observa Brandon – mais il le regretta aussitôt.

Son père le fusilla du regard, alors il baissa la tête. Il ne l'avait jamais vu aussi en colère.

– Désolé, papa, répéta-t-il.

– Garde tes excuses pour ta grand-tante, lui dit son père en ouvrant le portail qui donnait sur l'allée de Lucy.

Brandon se tourna furtivement vers son frère et croisa son regard. Il savait que Jake redoutait autant que lui ce qui les attendait.

Ils restèrent immobiles, silencieux et mal à l'aise, pendant que leur père s'avançait jusqu'à la porte d'entrée et donnait trois coups avec le grand heurtoir de cuivre en forme de tête de lion. Brandon songea que le lion de métal semblait l'observer avec un rictus moqueur.

Au bout d'un moment, la porte s'ouvrit et grand-tante Lucy apparut sur le seuil. Elle fit un sourire au père des garçons, puis regarda les jumeaux en haussant les sourcils d'un air interrogateur.

– Je t'ai amené ces deux voyous, commença

Mr Taylor. Ils voudraient te présenter leurs excuses pour leur stupide farce de tout à l'heure.

– On est désolés, lâchèrent Brandon et Jake en même temps.

– Et ils aimeraient faire quelque chose pour toi. Pas vrai, les garçons ? continua Mr Taylor.

Ils acquiescèrent sans enthousiasme.

– Dis-leur ce que tu veux qu'ils fassent, quoi que ce soit, et ils le feront, conclut Mr Taylor.

Grand-tante Lucy hocha la tête.

– Très bien. Merci. Vous feriez mieux d'entrer, les garçons, ajouta-t-elle d'un ton glacial.

Au moment où Brandon passa devant son père pour rejoindre grand-tante Lucy, Mr Taylor se baissa pour lui chuchoter durement à l'oreille :

– Je ne veux pas vous voir à la maison avant que vous ayez fini ce que votre grand-tante vous aura donné à faire. Compris ?

– Oui, papa, répondit Brandon tristement.

Quand il entra dans la maison, il entendit les pas de son père s'éloigner en crissant sur le gravier.

Il vit avec appréhension grand-tante Lucy fermer la porte derrière eux, puis s'éloigner à pas décidés vers une pièce située à sa gauche. Jake et lui restèrent plantés dans le vestibule et regardèrent autour d'eux avec méfiance.

– On se croirait dans un musée, ici, murmura Jake. C'est encore plus poussiéreux que dans mon souvenir.

– Oui, la dernière fois qu'on est venus doit remonter à deux ans, lui rappela Brandon.

– Venez par ici, les garçons ! appela grand-tante Lucy.

Ils s'approchèrent avec réticence de l'endroit d'où venait sa voix.

Elle était debout devant une grande cheminée, dans son salon. Cette pièce était immense – tellement immense et haute de plafond que le moindre bruit résonnait ; quand grand-tante Lucy toussa, le son parut rebondir dans la pièce comme une balle de tennis. Brandon remarqua qu'à l'intérieur de la cheminée, au lieu de bois ou de charbon, il y avait un vase en métal rempli de fleurs. Elles emplissaient la pièce d'un parfum sucré, écœurant, qui lui donna un peu la nausée. Il y avait un vieux canapé d'une couleur dorée avec deux fauteuils assortis et plusieurs lampes de table décorées. Brandon examina le sol et nota que la moquette dorée était si élimée qu'on voyait le parquet à travers, par endroits.

Les murs étaient ornés de tableaux de toutes sortes, portraits et paysages. La mère des jumeaux était professeur d'histoire, aussi Brandon sut-il reconnaître la bataille de Waterloo sur l'un d'entre eux. La plupart des cadres étaient couverts de toiles d'araignée. Mais les tableaux avaient leur utilité, car les murs qu'ils recouvraient étaient dans un état lamentable. Le plâtre s'effritait, et çà et là, s'était carrément détaché par mottes friables. Brandon en aperçut dans la cheminée. On aurait dit des morceaux de meringue écrasée.

– Depuis que j'ai parlé à votre père, tout à l'heure, j'essaie de trouver ce que vous pourriez faire pour moi, dit grand-tante Lucy. J'ai pensé à vous demander d'arracher les mauvaises herbes du jardin ou même de nettoyer les vitres, mais, finalement, j'ai décidé, puisque vous semblez aimer peindre, de vous faire faire un peu de décoration pour moi.

Brandon et Jake échangèrent un regard désespéré.

Si le reste de la maison était comme le salon, ils ne voulaient même pas imaginer la corvée qui les attendait.

– Suivez-moi, dit grand-tante Lucy en les entraînant dans le couloir.

Elle s'arrêta pour s'assurer que les garçons étaient derrière elle, puis commença à monter vers l'étage.

Il y avait encore des tableaux sur les murs du vaste escalier. Ici, ils dissimulaient partiellement un hideux papier peint à fleurs, délavé et mal collé. Les marches grinçaient sous leurs pieds, et Brandon vit de la poussière tourbillonner dans le rayon de soleil qui filtrait par une grande fenêtre du palier.

Six portes donnaient sur un petit couloir sombre. Grand-tante Lucy guida les garçons vers celle du fond, sur la droite. Brandon nota avec étonnement que la porte s'ouvrait facilement, sans bruit, comme sur des charnières bien huilées. Étant donné l'allure négligée du reste de la maison, il s'était attendu à un grincement de protestation.

– Venez par ici, dit grand-tante Lucy en leur faisant signe d'entrer.

La pièce était vide. Il n'y avait même pas de tapis sur le sol, juste un parquet nu sous leurs pieds. La porte se referma délicatement derrière eux avec un soupir presque inaudible et Brandon perçut un souffle d'air sur la nuque. Il frissonna, mal à l'aise.

– Tu as senti ça ? demanda-t-il à son frère. On aurait dit que quelqu'un me soufflait dans le cou.

Jake haussa les épaules ; manifestement, il n'avait rien senti de bizarre. Brandon songea que son imagination s'emballait dans cette vieille maison inquiétante.

– Je veux que vous décolliez le papier peint, annonça leur grand-tante. Comme vous pouvez le voir, cette pièce a besoin d'être redécorée. On n'y a pas touché depuis plus de cinquante ans.

– Sans blague, murmura Brandon.

– Qu'est-ce que tu dis ? demanda-t-elle sèchement.

– Rien, grand-tante Lucy, répondit-il aussitôt en lui faisant un grand sourire.

– Je vais descendre chercher ce dont vous aurez besoin, reprit-elle. Un seau d'eau chaude, des éponges et des couteaux de vitrier devraient être parfaits pour retirer le papier.

Les deux garçons acquiescèrent et la vieille dame quitta la pièce.

– Un lance-flammes serait peut-être plus efficace, observa Brandon en regardant le papier bosselé et décoloré qui recouvrait les quatre murs.

Il était rouge foncé, avec des filets argentés qui ondulaient sur la surface comme des veines scintillantes. Brandon passa les doigts dessus pour voir. Épais, le papier ressemblait presque plus à du tissu. Et il paraissait solidement fixé au mur.

– La décolleuse à vapeur de papa nous serait utile, renchérit son frère en le rejoignant devant le mur. Elle enlèverait ça plus vite que des couteaux et de l'eau chaude.

Il tâta le papier peint.

– On pourrait croire que ce truc a été collé avec du béton !

Soudain, la porte de la pièce se referma en claquant et, une fois de plus, Brandon entendit une sorte de léger soupir. Un frisson lui parcourut la colonne vertébrale. Il se retourna d'un bond, mais il n'y avait rien ni personne derrière lui, alors il reporta son attention sur le mur.

– Je pourrais courir à la maison pour prendre la décolleuse, suggéra Jake. Ou bien veux-tu qu'on essaie d'abord avec l'eau et les couteaux ?

Brandon hocha la tête sans regarder son frère. Il ne l'écoutait pas vraiment, car le mur le fascinait. Soudain pris d'une curiosité dévorante, il voulait absolument voir ce qui se trouvait sous le papier.

– Brandon, insista Jake, j'ai dit que je pourrais courir...

– ... à la maison pour prendre la décolleuse, termina Brandon pour lui. Oui, je sais. C'est une bonne idée. Attends que la vieille nous ait apporté l'eau et le reste du matériel, puis tu pourras sortir en cachette pour aller la chercher.

– Ça fait combien de temps que ce papier est là, d'après toi ?

– Je ne sais pas. Longtemps, vu son état, répondit Brandon.

Il entendit des pas devant la porte et se retourna. Grand-tante Lucy entra avec un seau d'eau dans lequel flottaient deux éponges. Elle sortit deux couteaux de vitrier de la poche de son cardigan et en tendit un à chacun des garçons.

– Il y a un escabeau sur le palier, dit-elle. Vous pouvez vous en servir pour atteindre le haut des murs.

Brandon acquiesça. Sa grand-tante fronça les sourcils et quitta la pièce.

– Je vais m'y mettre, annonça-t-il avec un soupir en prenant une éponge dans le seau. Va chercher la décolleuse, toi, pendant ce temps.

– D'accord, répondit Jake. Je reviens dans une minute.

Et il sortit précipitamment, en fermant la porte derrière lui.

Brandon appuya l'éponge mouillée sur une portion de papier peint et regarda le liquide couler. Puis il attrapa le coin de la bande de papier pour voir s'il se détacherait facilement. Il en décolla une portion, et quand il toucha le mur en dessous, il fut surpris de constater qu'il était froid. Un frisson passa dans ses doigts, remonta le long de son bras et redescendit dans son dos comme une sorte de décharge électrique bizarre – glacée.

Une fois de plus, il entendit le petit soupir qui accompagnait l'ouverture et la fermeture de la porte. Il se retourna et, pensant que grand-tante Lucy était revenue, se prépara à expliquer l'absence de Jake. Mais la porte était fermée.

—

Quand Jake revint dans la pièce avec la décolleuse, son frère fut content de le voir. C'était lent, de décoller le papier peint avec une éponge humide et un couteau de vitrier, même si Brandon avait déjà pas mal avancé.

Toutefois, le travail progressa beaucoup plus vite avec l'aide de la décolleuse. La pièce, qui sentait déjà le renfermé avant, s'emplit bientôt d'une épaisse vapeur étouffante, mais Jake, décidé à terminer sa tâche le plus vite possible, travailla dur.

Très vite, la première bande de vieux papier peint, à côté de la porte, commença à se décoller du mur. Comme les pétales flétris d'une fleur qui fane, elle s'affaissa puis tomba lentement par terre. Perché en haut de l'escabeau, Jake voulut pousser un cri de joie, mais le son lui resta coincé dans la gorge quand il vit ce qui se trouvait sous le papier.

Au lieu d'un enduit nu et inégal, une partie d'une peinture fabuleuse avait été révélée. Ses couleurs étaient étonnamment vives, et dans cette vieille pièce morne et enfumée, c'était bien la dernière chose que Jake s'était attendu à voir. La peinture, manifestement, représentait un groupe d'hommes élégamment vêtus à la mode d'autrefois, avec des collerettes blanches autour du cou, postés à côté de chevaux dans un pré vert et luxuriant. Derrière eux, des collines ondulées s'étiraient vers l'horizon sous un beau ciel sans nuages, d'un bleu éclatant.

Brandon, qui venait d'ouvrir une fenêtre pour aérer la pièce pleine de vapeur, se retourna en entendant le cri étranglé de son frère. Il resta tétanisé, fixant la peinture avec stupeur tandis que Jake descendait lentement l'escabeau pour le rejoindre. Tous deux contemplèrent en silence pendant un moment ce qu'ils avaient découvert.

Puis Jake s'avança, fasciné par l'image dévoilée.

– C'est une fresque et pas un tableau encadré, observa-t-il en touchant délicatement la peinture. Elle a été peinte directement sur le mur.

– Tu sais à quelle époque c'est censé se passer ? demanda Brandon sans en détacher les yeux.

Jake haussa les épaules.

– Je ne sais pas, dit-il d'un ton pensif. Ils ont des habits très anciens. On dirait que c'est le XVIe siècle. D'ailleurs, maman a dit que cette maison datait de l'époque élisabéthaine.

– Alors tu penses que cette peinture est là depuis plus de quatre cents ans ? Je n'en suis pas si sûr. Les couleurs sont drôlement vives. Je pense qu'après quatre cents ans elles seraient plus délavées que ça.

– C'est peut-être parce que la peinture était recouverte par ce papier peint épais pendant très longtemps, suggéra Jake. Mais peut-être aussi qu'elle n'a pas quatre cents ans du tout. Le papier n'a pas été là si longtemps que ça. Peut-être que la peinture a été faite il y a cinquante ou soixante ans, et que c'est pour ça que les couleurs sont encore aussi vives.

Brandon hocha la tête.

– Il n'a pas l'air très heureux, celui-là, commenta-t-il en désignant un personnage du premier plan.

C'était un jeune garçon qui paraissait avoir à peu près le même âge qu'eux. Il était habillé à la mode élisabéthaine, comme les adultes de l'image. Mais contrairement aux hommes, qui regardaient leurs chevaux, il était tourné vers l'extérieur de l'image et semblait fixer les jumeaux, avec une expression d'incrédulité et de terreur absolue.

Jake étudiait le garçon avec curiosité quand Brandon interrompit le cours de ses pensées en disant :

– Je me demande ce que ça veut dire, ça…

Il montrait une bordure dorée qui courait le long du haut de la fresque et affichait une formule écrite dans une langue étrangère.

– *Fatum tuum, nisi celata fuerit pictura, idem erit,* lut Jake à haute voix.

– C'est pas du français. Ni de l'espagnol, remarqua Brandon. Je ne reconnais pas ces mots d'après ce qu'on a appris au collège.

– Ça pourrait être du latin, dit Jake, pensif. D'ailleurs, si cette fresque a été peinte au XVIe siècle, ce serait même logique. Ils écrivaient en latin, à l'époque, pas vrai ?

– Je crois, répondit Brandon. Je me demande si la fresque continue sur le reste du mur.

Il tira sur un autre pan de papier peint humide.

Jake passa la décolleuse sur cette nouvelle portion et, à eux deux, les garçons retirèrent la bande de papier.

– Ouah ! hoqueta Brandon.

Le ciel bleu qui apparaissait dans la première partie de la fresque était toujours pareil ici, de même que le paysage d'un vert éclatant qui formait l'arrière-plan. Mais tandis qu'il y avait un petit groupe d'hommes dans la première partie, la suivante en représentait des centaines, prêts à combattre.

– C'est une scène de bataille, dit Jake, fasciné, en examinant les formations de soldats à pied et à cheval. Mais ces types-là ne sont pas pareils que les premiers.

Il était intrigué par le fait que les deux camps adverses étaient habillés différemment du précédent groupe. Il n'y avait pas une seule collerette en vue – ni d'un côté ni de l'autre. Dans un camp, on portait d'épaisses vestes en peau et des casques en cuir; dans l'autre, en particulier parmi la cavalerie, on était vêtu de couleurs plus voyantes. Nombre de soldats arboraient de grandes plumes sur leur chapeau.

– On dirait que ça date de la guerre civile anglaise, nota Brandon.

– La première section figurait le XVIe siècle... ajouta Jake en se creusant la tête pour essayer de se rappeler quand la guerre civile anglaise avait eu lieu. Cette section-là, c'est donc après, non ?

– Ouais, confirma Brandon. Je me souviens que maman a dit que la guerre civile avait éclaté en 1640 et quelques.

– Donc cette deuxième section montre quelque chose qui s'est passé plus de cinquante ans après la première section, observa Jake.

Il leva les yeux.

– Et il y a l'inscription en latin au-dessus, là aussi.

– Je me demande si c'est le même artiste qui a fait les deux peintures, dit Brandon d'un ton songeur.

– Mmh. C'est peut-être un artiste moderne qui a tout peint.

– Et elle, de quel camp elle faisait partie, d'après toi ? demanda soudain Brandon.

Il observait une jeune fille peinte au premier plan de la portion de fresque révélée.

Jake la scruta avec curiosité. C'était difficile de dire de quel camp elle faisait partie, parce qu'elle ne paraissait pas s'intéresser du tout à la bataille. Comme le garçon de la première partie de la fresque, elle était la seule à regarder vers l'extérieur de la peinture et, comme lui, elle avait une expression de terreur.

Avec impatience, Jake et Brandon continuèrent à décoller le papier des murs et découvrirent que la scène de bataille s'étirait encore sur environ cinquante centimètres.

– Les couleurs sont toujours aussi vives. Comme dans la première section, observa Brandon.

Jake acquiesça.

– Je me demande si grand-tante Lucy sait qu'il y a cette fresque ici… Si le papier a été posé il y a une cinquantaine d'années, elle n'était qu'une petite fille, à l'époque.

– Tu n'as qu'à aller lui poser la question, suggéra Brandon. Et pendant que tu es au rez-de-chaussée, demande-lui si on peut avoir quelque chose à boire, aussi. Toute cette vapeur m'a donné soif.

– Ne compte pas sur moi pour y aller ! protesta son frère, qui ne tenait pas particulièrement à descendre parler à sa grand-tante.

– Il faut bien que l'un de nous y aille. On n'a qu'à jouer à pierre-papier-ciseaux pour décider.

Jake hocha la tête et cacha une main dans son dos.

– Prêt ? demanda Brandon. Un, deux, trois…

Jake dévoila vivement sa main et grogna quand son frère fit de même. Il avait opté pour le papier et Brandon avait choisi les ciseaux.

– J'ai gagné ! lança celui-ci, ravi. Les ciseaux coupent le papier.

– Si on voyait qui est le gagnant sur trois coups ? proposa Jake avec espoir – mais la tête de Brandon ne laissait pas de doute sur sa réponse.

Jake se détourna et quitta la pièce, pendant que son frère retournait dégager la fresque.

—

Brandon passa la décolleuse sur la bande de papier peint suivante, mais elle s'obstinait à ne pas se détacher. Il soupira et prit son couteau de vitrier, qu'il glissa sous le bord du papier pour le séparer soigneusement du mur.

Peu à peu, la bande se libéra et Brandon tira dessus, exposant un nouveau morceau de la fresque. Une autre bande suivit bientôt, tandis qu'il travaillait à dévoiler la peinture. Il recula pour regarder la nouvelle portion.

Une fois de plus, les vêtements des personnages avaient changé. Un petit groupe d'hommes se tenaient rassemblés sur le flanc vert vif de la colline. Ils portaient des chemises noires et de hauts chapeaux noirs.

– Des puritains, murmura le garçon en reconnaissant ces curieux chapeaux d'après des images qu'ils avaient vues au collège.

Il pensa que, là encore, cette fresque représentait une époque située quelques années après la dernière.

Sentant quelque chose de chaud sous ses doigts, il supposa que c'était la colle du papier peint. Il fronça les sourcils quand il baissa les yeux et s'aperçut que c'était du sang. Vite, il jeta un coup d'œil à la lame du couteau de vitrier, et remarqua qu'il y avait également deux minuscules gouttes de sang dessus.

S'était-il coupé ? Il ne comprenait pas comment c'était possible, la lame était trop émoussée. Elle suffisait tout juste à trancher le papier. Il essuya le sang sur son jean et examina ses mains. Puis il secoua la tête, perplexe : il n'avait pas de coupure sur les doigts.

Il haussa les épaules et se tourna de nouveau vers la fresque... Et là, ce qu'il vit lui donna l'impression qu'on venait de lui renverser un seau d'eau glacée sur la tête.

Un personnage se trouvait au premier plan, comme dans les autres sections. Et, toujours comme dans les autres sections, il regardait à l'extérieur. C'était un garçon d'environ treize ans, habillé à la mode puritaine. Il avait les deux mains levées au-dessus de la tête comme s'il se rendait, et la paume de sa main droite arborait une petite coupure profonde. Brandon vit le trait rouge du sang qui la barrait.

Il le toucha du bout de l'index. C'était chaud.

Comme du sang. Il frissonna, mal à l'aise. « La décolleuse a dû faire couler la peinture », se dit-il avec fermeté. Oui, ce devait être ça, l'explication.

Il était toujours planté devant la peinture pour l'observer quand la porte de la pièce s'ouvrit et que Jake entra avec deux verres de jus d'orange.

– Je nous apporte à boire ! lança-t-il d'une voix triomphale en tendant un verre à son frère.

Brandon but une gorgée de jus sans cesser de regarder le garçon de la fresque et sa coupure dans la main. Puis il jeta un nouveau coup d'œil à la lame du couteau de vitrier.

– Grand-tante Lucy a dit qu'on pouvait se servir du jus d'orange dans le frigo, ajouta Jake. Elle n'est pas si méchante, en réalité, tu sais.

Brandon, toujours plongé dans la contemplation de la peinture, hocha distraitement la tête.

– Ça va ? demanda Jake en lui posant une main sur le bras.

– J'ai dévoilé une nouvelle portion, lui dit Brandon. C'est une scène postérieure à la fin de la guerre civile anglaise.

– Ouais, génial, fit Jake en cherchant quelque

chose dans sa poche revolver. Mais regarde ce que j'ai trouvé pendant que j'étais en bas.

Il lui montra une petite photo noir et blanc encadrée qui représentait deux filles.

– Je me demande qui c'est… marmonna Brandon en les regardant.

– J'ai remarqué cette photo dans la cuisine pendant que je nous servais à boire, reprit Jake. Tu ne les reconnais pas ?

Il tapota les filles du portrait. Elles avaient une dizaine d'années et elles étaient en robe, avec de longues couettes.

– Regarde le visage de celle-ci, ajouta-t-il en désignant la fille qui était sur la droite de l'image. Je pense que c'est grand-tante Lucy, avec sa sœur jumelle – celle qui a disparu. Il y a d'autres photos d'elles deux, en bas.

– Oh là là ! Tu ferais mieux de la remettre à sa place, Jake ! souffla Brandon avec angoisse. Si grand-tante Lucy voit qu'elle n'y est plus, on risque de récolter une autre punition !

– Ne t'affole pas. Je la remettrai tout à l'heure, dit Jake en remettant la photo dans la poche de son jean. Elle ne s'en apercevra pas, de toute façon ; elle est dehors, dans le jardin.

– Qu'est-ce que c'était que ce bruit ? demanda Brandon en se retournant brusquement.

– Je n'ai rien entendu, répondit son frère, les sourcils froncés.

– Écoute.

Jake resta immobile dans la pièce embrumée, les yeux fixés sur son jumeau. Au bout d'un moment, Brandon entendit un léger bruissement, qui n'était pas assez sonore pour venir du parquet. Cela lui faisait plutôt penser à des doigts glissant sur du papier.

– Regarde ! s'écria-t-il en désignant le mur du fond. Ça bouge ! Le papier bouge !

– Il doit y avoir des bulles d'air coincées en dessous, suggéra Jake en regardant le papier onduler légèrement.

Puis, l'une après l'autre, quatre petites bosses rapprochées apparurent dans le papier. D'après Brandon, elles évoquaient des doigts. On aurait pu croire que quelqu'un appuyait sur le papier peint depuis l'autre côté.

– Des bulles d'air, répéta-t-il.

Il essayait de se rassurer lui-même plus que de rassurer Jake.

– Viens, insista ce dernier en reprenant la décolleuse. Enlevons le reste du papier des murs. Je veux voir ce qu'il y a d'autre sur cette fresque.

—

Le temps avait perdu toute signification pour Brandon. Il ne s'intéressait qu'à une chose : arracher le papier peint et dévoiler le reste de la fresque. Il savait que son frère et lui travaillaient depuis plusieurs heures, mais il s'en moquait.

– On ne pourrait pas remballer pour aujourd'hui ? demanda Jake. Je suis sûr que ça ne dérangera pas grand-tante Lucy si on revient terminer demain.

Brandon l'ignora ; d'ailleurs, il l'entendit à peine. Il était trop absorbé par le décollage du papier.

– Brandon ! J'ai dit : laissons tomber jusqu'à demain, d'accord ? répéta Jake. Je suis crevé.

Son frère ne lui prêta toujours pas attention. Il ne voulait pas arrêter et il espérait que Jake cesserait d'insister s'il ne répondait pas.

– Brandon... grogna Jake, obstiné.

Brandon soupira. Visiblement, il allait être obligé de répondre.

– Je ne veux pas laisser tomber, dit-il sèchement.

Jake soupira à son tour, mais ne protesta pas. Il se contenta de s'interrompre pour se reposer de temps en temps. Pendant ce temps, Brandon continua de travailler d'arrache-pied avec la décolleuse et son couteau de vitrier, arrachant le vieux papier par bandes et regardant avec ébahissement chaque nouvelle portion de fresque mise au jour. Chaque fois, les couleurs de la peinture paraissaient aussi vives et lumineuses que si on venait de les appliquer sur le mur.

Brandon était particulièrement fasciné par le fait que les époques représentées sur la fresque changeaient à mesure qu'il progressait autour de la pièce, et se rapprochaient du temps présent. Il déchira une autre bande. Il était sûr que les tenues élégantes des personnages de cette dernière portion étaient à la mode du XVIIIe siècle.

Il recula du mur pour regarder depuis le centre de la pièce ce qui apparaissait jusqu'à présent. Trois murs avaient désormais été dépouillés, révélant les secrets cachés sous le papier. La scène de l'époque élisabéthaine était la plus proche de la porte. Les autres scènes suivaient, en tournant dans le sens des aiguilles d'une montre.

– Il est impossible que tout ça ait été fait par le même artiste, si chaque scène a été peinte à l'époque qu'elle représente, dit Brandon d'un ton songeur. Sinon il aurait fallu que l'artiste vive au moins deux cents ans !

– Oui, l'approuva Jake. Je suppose que la fresque a été créée par des artistes différents ou bien que tout a été fait par un peintre moderne.

– Le style est le même dans chaque section. Et l'arrière-plan est identique. Donc tout a sans doute été fait par un seul artiste.

– Et il y a un personnage effrayé qui regarde vers l'extérieur de la peinture dans chaque période historique.

– Si c'est l'œuvre d'un seul artiste, ça a dû lui prendre un temps infini, de peindre tout ça, murmura Brandon.

– Mais quand même pas deux cents ans ! répliqua Jake avec un rictus. Regarde, cette phrase en latin est répétée au-dessus de chaque section, ajouta-t-il. Ce que j'aimerais savoir ce qu'elle veut dire...

– Ouais, mais on ne connaît personne qui parle le latin. On n'a aucun moyen de savoir ce que ça veut dire.

Les yeux de Jake s'illuminèrent.

– Si ! Je pourrais la saisir dans un site de traduction sur Internet.

– Et comment tu vas faire ? Je ne pense pas que grand-tante Lucy ait un ordinateur.

– Oui, mais on a bien mérité une pause : rentrons à la maison et faisons-le de là-bas, suggéra Jake. Ça ne prendra pas longtemps.

– Vas-y, toi, lui dit Brandon, étrangement réticent à quitter la fresque. Je vais continuer, pendant ce temps-là.

Jake le regarda bizarrement.

– Tu es sûr ? Pourquoi tu ne viendrais pas avec moi ? Ça ne dérangera pas grand-tante Lucy.

– J'ai dit que j'allais continuer à travailler ! s'énerva Brandon.

Voyant un air inquiet passer sur le visage de son frère, il prit conscience qu'il avait été un peu sec.

– Excuse-moi, c'est juste que… eh bien, plus tôt on aura fini ce boulot, mieux ça vaudra, non ?

– D'accord. Je vais courir à la maison, regarder ce que veulent dire ces mots, et revenir.

Brandon attaquait déjà le papier peint restant avec la décolleuse. Il acquiesça.

– Et remets cette photo en sortant, dit-il en indiquant le petit portrait encadré qui dépassait de la poche de son frère.

Puis il se tourna de nouveau face à la fresque, impatient de voir la section suivante.

– Je ne serai pas long, dit Jake.

Brandon ne lui répondit pas. Il était trop concentré sur son travail. La porte se referma délicatement derrière son frère avec son petit soupir habituel, mais il l'entendit à peine.

Une fois seul dans la pièce, Brandon se remit à l'ouvrage avec ferveur. Chauffant et grattant le papier peint avec détermination, il l'arracha et le jeta par terre jusqu'à ce qu'il ne reste plus que la moitié du quatrième et dernier mur à découvrir.

Le souffle court, le garçon continua de travailler, stimulé par le fait qu'il avait bientôt terminé –

bientôt, il pourrait voir la fresque dans son intégralité. Il arracha deux autres bandes de papier et recula en titubant, impatient, pour voir ce qu'il avait mis au jour.

C'était un groupe de personnages habillés à la mode victorienne. Et, au premier plan, il y avait encore une silhouette étrange qui ne paraissait pas à sa place – non pas en termes vestimentaires, mais à cause de son attitude. Cette fois, c'était un jeune garçon qui portait les mains à sa tête, le visage déformé par un cri.

Brandon parcourut des yeux le reste de la fresque, suivant lentement la progression depuis la période des Tudor, au XVIe siècle, jusqu'à la période victorienne, au XIXe. Il était fasciné par les personnages qui étaient tournés vers l'extérieur de l'image. Il avait la nette impression qu'ils essayaient de lui dire quelque chose. Son regard dériva vers la formule latine qui était constamment répétée au-dessus de l'image. Est-ce que c'était *ça* que les personnages cherchaient à lui dire ? Il se demanda depuis combien de temps Jake était parti, et s'il avait réussi à traduire le texte latin.

Il était tellement impatient de savoir ce que cela voulait dire qu'il chercha son téléphone portable pour appeler son frère et savoir ce qu'il avait appris, quand il vit qu'il ne restait plus que trois bandes de papier peint. Une fois qu'il les aurait enlevées, la fresque tout entière serait visible. Peut-être qu'alors il saurait ce que les étranges personnages effrayés essayaient de dire. Il oublia aussitôt l'idée de téléphoner à Jake.

Il reprit la décolleuse et le couteau de vitrier, et travailla avec acharnement pour enlever les derniers fragments de papier. Il était à bout de souffle et son T-shirt était trempé de sueur, alors, quand il eut arraché deux des dernières bandes, il fit une pause pour regarder cette nouvelle portion de la fresque.

Il avait devant lui une scène des années soixante. Du moins, il supposait que c'étaient les années soixante, d'après les vêtements que portaient les personnages. Comme il s'y attendait, la transition entre la scène précédente et celle-ci se faisait en douceur. Le ciel était toujours d'un bleu éclatant, l'herbe vert émeraude. Et outre les silhouettes qui peuplaient la plus grande part de la fresque, il y en avait une autre qui regardait vers l'extérieur de l'image avec une expression si intense et si réaliste que Brandon eut l'impression qu'elle avait les yeux braqués directement sur lui.

C'était une jolie fillette aux cheveux blonds coiffés en couettes. Et en l'observant, malgré la chaleur de la pièce, Brandon se sentit gelé. Il essaya de déglutir, mais il avait l'impression d'avoir la gorge pleine de craie.

Il connaissait ce visage. Il avait déjà vu cette petite fille quelque part. Son cœur se mit à marteler sa poitrine quand il quitta précipitamment la pièce et se rua dans l'escalier. Il trouva la photo qu'il cherchait dans le couloir et remonta en courant vers la fresque, son trophée dans les mains.

Il plaça le petit cadre représentant les deux filles avec des couettes à côté de la peinture. À présent, il ne pouvait plus y avoir de doute. La ressemblance était trop nette. Même les vêtements étaient pareils. La fillette de la fresque était identique à celle de la photo. C'était la sœur disparue de grand-tante Lucy.

—

Brandon faillit lâcher la photo. Il regarda alternativement l'image qu'il avait dans la main et le personnage peint sur le mur, mais la ressemblance n'aurait pas pu lui échapper. Il posa la photo et jeta un coup d'œil à la bande de papier peint restante.

Il fallait qu'il la retire. Il devait voir ce qui se trouvait en dessous. Mû par une curiosité dévorante, il passa la décolleuse dessus.

Le dernier morceau s'accrochait obstinément à la fresque, mais Brandon finit par arracher l'épaisse couche de papier durci. Il la jeta par terre et contempla l'ultime portion de l'image.

La fresque représentait presque parfaitement la maison de grand-tante Lucy, avec les collines verdoyantes qui l'entouraient et le ciel d'un bleu éblouissant. Et on retrouvait les mots qui étaient répétés au-dessus de chaque portion de la fresque, du début à la fin : *Fatum tuum, nisi celata fuerit pictura, idem erit.*

Toutefois, cette dernière partie de la fresque était différente des autres. Il n'y avait aucun personnage. Brandon fronça les sourcils et s'approcha, les doigts tendus.

Au premier plan, il y avait une zone sans peinture. Il voyait le mur nu, à cet endroit où il aurait dû y avoir de l'herbe. En l'examinant, il sentit le duvet de sa nuque se hérisser une fois de plus. L'étrange sensation que quelqu'un lui soufflait doucement dans le cou revint. Il se retourna d'un bond pour voir si Jake était revenu, mais il n'y avait personne. Il était seul dans la pièce.

Soudain, il entendit un léger grognement à sa gauche. Il se tourna de nouveau vers le mur peint et ce qu'il vit faillit le faire hurler de terreur. L'effigie de la sœur de grand-tante Lucy se déplaçait vers lui dans l'image !

La silhouette peinte grandit à mesure qu'elle s'approchait du premier plan de la fresque et tendit les bras vers Brandon, comme si elle le suppliait de l'aider.

« Non ! C'est impossible », songea Brandon, mais il ne put s'en détacher. La fille était à présent grandeur nature, légèrement plus petite que lui, et Brandon était sûr qu'il pouvait distinguer les plis et le grain de sa peau, comme si sa main était carrément passée *à travers le mur*.

Il secoua la tête et cligna des yeux, convaincu que son esprit et sa vue lui jouaient des tours. Le cœur battant, il fit un pas vers la fresque.

Quand il s'approcha, la fille s'étira davantage vers lui. Elle avait toujours une expression suppliante. En réponse, Brandon se surprit à tendre lentement la main à son tour, jusqu'à toucher le bout de ses doigts.

Aussitôt, la main de la fillette jaillit dans la pièce et lui agrippa le bras. Cette fois, quand elle referma les doigts sur son poignet, Brandon, surpris, poussa vraiment un cri de terreur. D'instinct, il essaya de se dégager, mais la fille avait une poigne étrangement forte et il ne put se libérer.

Il détacha les yeux des doigts qui lui enserraient le bras et les plongea dans ceux de la petite. Elle avait changé de visage, à présent : elle n'avait plus un air suppliant, mais une hideuse expression de détermination enragée.

« Impossible, ça ne peut pas m'arriver, pensa Brandon, affolé. C'est une illusion bizarre causée par la chaleur, le surmenage ou je ne sais quoi ! »

Car c'était bien là l'explication, non ?

Soudain, la main lui tira dessus, brutalement, pour l'entraîner vers la peinture. Brandon se prépara à entrer en collision avec le mur, mais le choc n'eut jamais lieu. Le garçon se sentit aspiré, comme si le mur l'avalait tout entier.

Il ouvrit la bouche pour crier, mais il eut le souffle coupé en atterrissant lourdement dans ce qui lui parut être de l'herbe. Il resta allongé sur le dos un moment, essayant de reprendre sa respiration. L'odeur familière d'herbe fraîchement coupée lui emplit les narines et, au-dessus de lui, le ciel était d'un bleu pur, sans nuages.

Brandon se leva tant bien que mal, les jambes légèrement tremblantes, chamboulé par ce qui venait de se produire. Il s'aperçut rapidement qu'il était dans le jardin de sa grand-tante. Le soleil brillait dans le ciel et il sentait même une brise fraîche sur sa peau.

Décontenancé, il gagna la porte d'entrée et frappa fort – mais son poing ne fit aucun bruit sur le bois. Et à l'intérieur, personne ne répondit. Il longea la façade jusqu'à la fenêtre la plus proche, mit les mains en visière et regarda à travers le verre crasseux.

Il n'y avait rien dans la maison. Pas de salon poussiéreux avec un enduit qui s'effrite et des centaines de portraits. Juste l'obscurité – comme si quelqu'un avait recouvert la vitre de peinture noire.

Brandon regarda à droite et à gauche, de plus en plus terrifié à chaque seconde. Au-delà de la maison et de son jardin, des prés verts s'étiraient vers le lointain.

– Brandon ! fit soudain la voix de Jake.

Brandon se retourna et sa mâchoire se décrocha. À l'endroit où le ciel bleu rejoignait l'horizon, il voyait la pièce qu'il venait de quitter, dans la maison de grand-tante Lucy. Sa découverte lui fit l'effet d'être frappé par la foudre : il était *à l'intérieur* de la fresque !

Jake venait de passer la porte.

– Jake, par ici ! s'égosilla Brandon, désespéré. Je suis dans la fresque ! Aide-moi !

Mais il voyait bien que son frère n'entendait pas un seul mot de ce qu'il disait.

– Brandon ! appela Jake. L'inscription en latin, elle veut dire : « Ton sort sera le même si la fresque n'est pas cachée. »

Piégé à l'intérieur de la fresque tandis que son frère était là, dehors, Brandon savait bien à quel point ces mots étaient vrais. Il hurla son nom jusqu'à en avoir mal à la gorge, mais Jake continua de regarder autour de lui dans la pièce sans le voir.

– « Ton sort sera le même si la fresque n'est pas cachée », marmonna encore Jake.

Puis il se dirigea vers la porte. Il s'apprêtait à partir quand grand-tante Lucy entra, avec plusieurs rouleaux de papier peint neuf et un grand pot de colle.

– Je vous ai apporté un nouveau papier peint à poser, annonça-t-elle gaiement en entrant dans la pièce. Mais qu'est-ce que c'est que ça ? demanda-t-elle en s'immobilisant quand elle découvrit la fresque spectaculaire qui s'étendait désormais sur les quatre murs.

Brandon vit son regard s'arrêter finalement sur une portion de la peinture qui semblait être à sa droite.

Les rouleaux de papier peint et le pot de colle lui en tombèrent des bras.

– Ma sœur ! s'exclama-t-elle dans un souffle – et sa voix se brisa.

Elle fit un pas vers le mur.

– C'est ma sœur, Josie !

Elle se mit à griffer le mur comme pour essayer d'atteindre l'intérieur de la fresque.

– Josie !

Brandon songea que grand-tante Lucy, elle, pourrait peut-être l'entendre.

– Faites-moi sortir, s'il vous plaît ! cria-t-il en la regardant gratter le mur. Aidez-moi !

Mais ni grand-tante Lucy ni Jake ne réagirent.

Brandon vit son frère essayer d'éloigner la vieille dame du mur.

– Pourquoi vous ne me voyez pas ? hurla-t-il depuis l'intérieur de la fresque. Jake, au secours !

Mais Jake s'inquiétait plus pour grand-tante Lucy.

– Non, non, c'est juste une peinture. Essayez de vous calmer, lui dit-il avec douceur. Et si vous alliez vous allonger un moment ? Je vais commencer à poser le nouveau papier peint.

Grand-tante Lucy s'essuya les yeux avec un petit mouchoir en dentelle et hocha la tête.

– Merci, gémit-elle. C'est que la fille du tableau ressemble trait pour trait à ma sœur jumelle…

– Je sais, répondit Jake. Mais c'est juste une peinture.

Brandon leva les mains, désespéré.

« Ce n'est *pas* juste une peinture ! », songea-t-il.

– Jake, regarde-moi ! hurla-t-il encore, la voix brisée par l'effort. Au secours !

Grand-tante Lucy sortit lentement de la pièce et Jake souleva le couvercle du pot de colle à papier. Sous les yeux de Brandon, il mit l'escabeau en place et prit un des rouleaux de papier peint neuf. Il l'étala soigneusement sur le sol et le recouvrit de colle. Puis, en le brandissant devant lui, il marcha vers la portion de fresque dans laquelle Brandon était emprisonné et grimpa sur l'escabeau.

– Jake, aide-moi ! S'il te plaît, aide-moi ! Fais-moi sortir d'ici ! S'IL TE PLAÎT ! s'époumona Brandon.

À présent, il sanglotait de terreur.

Mais Jake se contenta de soulever la bande de papier, prêt à la poser sur le mur.

– Ne fais pas ça ! le supplia Brandon depuis la fresque. NOOOOON !

Jake appuya sur le papier en place. Pendant que tout devenait noir, autour de lui, Brandon cria de nouveau. On aurait dit que quelqu'un avait masqué le soleil.

Il poussa un dernier hurlement de désespoir :

– AU SECOURS !

Mais personne ne l'entendit et, en criant depuis sa prison peinte, impuissant, Brandon comprit que personne ne l'entendrait jamais plus.

TABLE DES MATIÈRES

JE T'AI VU ! 7

DES GOÛTS
ET DES COULEURS 71

SAGES
COMME DES IMAGES 143

VOUS AVEZ EU PEUR ?
PRÊTS À RECOMMENCER ?

Découvrez de nouvelles histoires
qui vous pétrifieront d'effroi !

THE MIDNIGHT LIBRARY

VOLUME I : LES VOIX

VOLUME II : DU SANG SUR LE SABLE

VOLUME III : L'ULTIME PARTIE

VOLUME IV : LES CHATS

VOLUME V : MENTEUSE

VOLUME VI : BOUCHE COUSUE

CPI

N° éditeur : 10147585 - Dépôt légal : février 2009
Imprimé en France par CPI-Hérissey à Évreux - N° 110390